Marcel Schmickerath

Die Reisen des Phil - Fest im Sattel

Die Reisen des Phil, Band 2

Die Reisen des Phil
Fest im Sattel

Marcel Schmickerath

31. Januar 2021

epubli

1. Auflage 2021

Impressum

Coverfoto: Bild von Tanja Mikkelsen auf Pixabay
Verlag: Marcel Schmickerath

Im Jagdfeld 17

52353 Düren

schmiggi88@googlemail.com
Druck: epubli – ein Service der neopubli GmbH, Berlin

epubli GmbH, Berlin, www.epubli.de

I

„Hoppe, hoppe Reiter...“

Eine satt grüne Wiese ummantelte die kleinen Hügel im Westen von Tagalan. Löwenzahn zierte große Teile des Landes. Mit seinen kräftigen gelben Blüten reckte er sich dem Himmel entgegen, während er ein paar der Gänseblümchen in den Schatten stellte. Am Rande der Weide, direkt neben einem kleinen Bach, der sanft über die Steine plätscherte, wuchsen Vergissmeinnicht, die langsam zwischen dem Schilf hervortraten.

Schafe blökten und fraßen Gras.

„Zwei Tage schon“, sagte ein junger Hirte, der sich unter einer Linde fest an den Stamm drückte.

„Eine halbe Ewigkeit“, feixte die junge Frau neben ihm und küsste ihn.

„Aber gewöhne dich nicht daran. Ich werde nicht immer mitkommen.“

„Schafe zu hüten ist keine schwere Aufgabe. Man muss nur immer die Lämmer im Auge behalten, sie laufen gerne zu weit raus.“

„Aber es ist langweilig“, lachte sie. „Außerdem werde ich dir schon bald ein Kind schenken.“ Sie lächelte und fasste sich bei diesen Worten an den Bauch.

„Dann bin ich ja nicht lange alleine hier draußen.“

„Das bist du auch so nie, du hast doch die Schafe bei dir.“

„Das ist nicht dasselbe“, sagte er. „Die Zeit mit dir zu verbringen ist für mich mit nichts zu vergleichen. Ohne dich fühle ich mich einsam.“

Ein kleines Lamm trank aus dem Bach und fraß ein paar der Vergissmeinnicht.

Die junge Frau sah zu dem kleinen Lamm herüber.

„Und wieder hat sich die kleine Liesel zu weit von ihrer Mutter entfernt“, seufzte der Hirte und rief nach ihr. „Warte hier“, sagte er sogleich.

„Nein, ich gehe diesmal“, protestierte sie. „Du wirst noch oft genug in deinem Leben entflohene Lämmer zurückholen. Dieses Mal mache ich das für dich. Damit du nicht so einsam bist.“

Als sie sich dem kleinen Lamm näherte, schrie es, sprang über den kleinen Bach und rannte in den

Wald. Sie gab ein genervtes Geräusch von sich und lief ihm nach.

Nur wenige Schritte hinter den ersten Bäumen, hörte sie ein Traben durch den Wald. Es schien näher zukommen.

Ein Reiter näherte sich ihr.

Er sah aus wie eine Krähe auf einem pechschwarzem Pferd. Er warf ihr das tote Lamm vor die Füße. „Die Wölfe haben es gerissen“, sprach eine kratzige Stimme. „Nimm es und geh zurück.“

Sie sah das entstellte Tier an und spürte dabei wie ein fauler Geruch ihr aus dem Kadaver entgegen strömte, sich auf ihre Lunge legte und sie husten ließ.

Als sich der Husten gelegt hatte, war der Reiter verschwunden und sie sah, dass sie Blut gehustet hatte.

Er mochte Tagalan nicht besonders gerne, das lag zum Einen daran, dass er aus einem weit entferntem Land kam, das jenseits des westlichen Meeres lag. Dort fühlte er sich heimisch und geborgen. In Tagalan war vieles anders, das Leben dort war ernster und konnte manchmal auch unbarmherzig sein.

Viel Leid und viele Leben hat er bereits auf dem für ihn neuen Kontinent kommen und gehen sehen. Und der andere Grund, weshalb er Tagalan nicht mochte, war seine Mission. Er sollte das Böse besiegen und das Land von seinem Fluch befreien. Und das hatte er getan. Er hatte gekämpft, wenn auch auf seine eigene Art, die ihm die Lehre Weyas nahelegte und er hatte gesiegt. Aber den Fluch konnte er nicht nehmen. Man kann keinen Fluch aufheben, der gar nicht existiert. Man kann das Böse nicht besiegen, wenn es kein Böses gibt. Der Fluch von Tagalan war etwas, was in den Köpfen Einzelner entsprang. Eine undurchdachte Tat, ein kleiner Fehler, ein kurzer unachtsamer Augenblick und man konnte damit eine Reihe von Leiden, Zerstörung und Totschlägen verursachen.

Wenn man des Nachts einen Nachttopf aus dem Fenster entleerte und dabei einen jungen Mann traf, dann war es ein Versehen. Wenn der Junge sturzbetrunken und ohne freie Sicht dabei auf die Straße taumelte, dann war es eine ungünstige Fügung. Wenn dann auch noch ein Kutscher vorbeiraste und den jungen Mann überfuhr, weil es dunkel war oder weil der Kutscher genau in diesem Moment an seine

Liebste dachte, dann war es Unachtsamkeit. Was aber, wenn die Frau am Fenster die Liebste des Kutschers war und der Betrunkene zum falschen Zeitpunkt nach Hause kam?

Er nahm das Tuch von der Stirn und tupfte die Schweißperlen damit ab. Dann tauchte er es in einen Eimer mit kaltem Wasser, wrang es leicht aus und legte es dann zurück auf die Stirn.

Manchmal musste man genauer hinsehen, um ein klares Urteil treffen zu können. Ebenso empfand er es als seine Aufgabe, sich mit diesen Dingen auseinanderzusetzen. Sie nicht bloß zu klären oder zu vermeiden, sondern sie bereits bevor sie entstehen zu verhindern. Das war der Grund, warum er noch in Tagalan war. Und es gab noch einen Grund. Wenn er bereits nur an sie dachte, spürte er, wie sein Herz schneller schlug.

„Du solltest lernen zu Reiten“, riet ihm jemand und riss ihn damit aus seinen Gedanken.

Er nickte schwach, ehe er dem Alten etwas zu trinken gab. Es war ein Schluck einer seiner selbst gemahlenen Kräutermischung, die er in Tagalan stets bei sich trug. Nur zu oft hatte er sie bereits gebraucht.

Zwar hatte er die schwarze Pest deutlich zurückgedrängt, doch noch immer traf er in den verschiedensten Dörfern auf Erkrankte oder sogar Verstorbene, die sich mit der tödlichen Seuche infiziert hatten.

„Ich meine es ernst", beharrte der Alte. Er nahm eines der Tücher neben seinem Bett und hustete kräftig hinein, dann warf er es in einen Eimer zu den anderen. „So wirst du niemals alle retten können", sprach er zu ende.

„Dazu müssten die Pferde zunächst einmal lernen mich zu mögen", entgegnete er, dann legte er ein neues Tuch auf die Kommode.

„Zu Fuß wirst du immer zu langsam sein", sprach der Alte.

„Wenn ich vom Pferd falle und mir die Knochen breche, wem bin ich dann noch von Nutzen?"

„Und wenn deine Göttin es dir rät?" Der Mann sah ihn fest an.

„Du solltest in den kommenden drei Tagen täglich deine Kleidung wechseln und sie und alles, was du anhustest, verbrennen", wich er der Frage aus und fragte sich, ob sich der Alte über ihn lustig machte?

Er war in dieses Land gekommen, weil sie es wollte. Um es zu erlösen, hatte sie ihm in einer seiner Visionen mitgeteilt. Doch das konnte der Mann kaum wissen.

„Ich fange mit denen hier an", verabschiedete er sich von dem Alten und nahm den Eimer mit nach draußen.

„Falls du deine Meinung ändern solltest, meine Tochter ist eine gute Stallmeisterin", rief er ihm nach, ehe er erneut zu husten begann.

Er starrte tief in die hell lodernden Flammen, in die er die blutigen Tücher hineinwarf. Das Feuer war warm und hell, aber auch ein wenig zornig. So, wie sie es immer war. Er sah ihr Gesicht, spürte ihre Wärme und fühlte ihren Zorn. Er vermisste sie.

Und doch war es besser so. Sie verdiente ein aufregendes Leben, keinen Langweiler oder Schwätzer. Jemanden, der sie liebte und auch lieben durfte. Er wusste, sie hatte es verstanden, als sie sich trennten. Zwar rannen Tränen über ihr sonst so zorniges Gesicht, doch sie musste es verstehen.

Es war nicht, dass er ein Mensch war und sie eine Elfe, es war viel mehr, dass er ein Mann des Glaubens war und es darin keinen Platz für eine Frau gab. Er liebte Weya und sie liebte ihn, das wusste er. Das wusste er auch, als er damals auf ihr Wort hin nach Tagalan reiste. Sie stand ihm in guten wie in schlechten Zeiten nahe. Das tat sie auch, das wusste er, aber sie musste es verstehen.

Vielleicht war er dumm, vielleicht war er blind, vielleicht auch naiv. Er war nur ein Mensch. Ein Mensch mit Fehlern und Schwächen. Schwächen, die ihm erst in Tagalan bewusst wurden. Es war, als wollte sie eine Entschuldigung, als erwartete sie mehr von ihm. Vielleicht reiste er daher weiter durch das Land und tat das, was er am besten vermochte, den Kranken zu helfen und Kräuter zu mahlen. Er wollte den Einwohnern Tagalans helfen, so wie dem Alten dort drinnen. Er war sich nicht einmal sicher, ob der Alte es wirklich schaffte, doch die Seuche musste eingedämmt werden. In den letzten Wochen häuften sich die Fälle wieder.

Er war zu langsam, darin hatte der Alte recht, doch was wusste er schon. Wenn die Göttin ihm riet ein Pferd aufzusuchen, half es nicht seine Angst zu überwinden. Es war denkbar, dass sie genau das wusste und deshalb nicht mehr zu ihm sprach. Es war auch möglich, dass er sie in der Vergangenheit zu sehr verletzt hatte.

Er kratzte sich über den kahlen Kopf, als ihn jemand ansprach.

„Du musst dieser Phil sein, nicht wahr?“ Kastanienbraune Augen sahen ihn fragend an. „Ich hatte jemanden mit schwarzer Robe und einer goldenen Kette erwartet. Ich sehe nicht einmal ein Kreuz oder ein anderes Symbol an dir. Bist du wirklich ein Priester?“

„Es benötigt kein Symbol, um seinen Glauben zu bekennen. Es geht nicht darum, seinem Gegenüber etwas zu zeigen oder vielleicht sogar vorzuführen. Es geht viel mehr darum, was man tut und was man glaubt zu sehen, wenn man seine Augen schließt.“

„Ich habe mich geirrt“, sagte die junge Frau. „Du bist doch ein Priester. Nur ein Priester redet sich die Welt schön.“

„Die Welt ist schön“, entgegnete Phil. „Niemand muss sie schön reden.“

„Wie gesagt“, beharrte sie. „Aber, jeder wie er mag… Mein Name ist Tara und das dort drinnen ist mein Vater. Er spricht viel von dir, weißt du?“

Er sah in das Feuer in dem die blutigen Tücher brannten. „Das freut mich“, sagte er.

„Wird er es schaffen?“

„Er ist ein starker Mann, der sicherlich viele Geschichten aus seinem Leben erzählen kann.“

„Er ist also zu alt“, schnaufte sie.

„Weder Alter noch Stärke kann die Krankheit aufhalten. Ich habe aber schon Schlimmeres gesehen. Er benötigt zweimal am Tag seine Medizin und vor allem viel Bettruhe. Seine Lunge ist angegriffen und blutet, aber er spricht noch beinahe normal. Das ist ein gutes Zeichen. Du solltest ihn jedoch in den nächsten Tagen nicht besuchen, der schwarze Tod ist hoch ansteckend.“

Tara schien kurz zu überlegen. „Hast du heute noch etwas vor?“, fragte sie schließlich. „Ich bräuchte etwas Hilfe im Stall, ohne die starken Hände meines Vaters schaffe ich es nur sehr spärlich. Du siehst nicht sehr stark aus, aber deine sollte auch reichen.“

„Ich wollte beten“, antwortete er ohne auf die Herabstufung einzugehen.

„Das kann warten“, strahlte sie.

Die Stallungen waren kostengünstig und effizient angelegt worden. Die Boxen waren groß genug für die Pferde, doch der Flur war schmal und eng. Dazu lag ein Geruch von nassem Heu, Mist und Pferd in der Luft. Er versuchte während seines Aufenthalts die Atmung auf ein Minimum zu reduzieren.

Er fühlte sich nicht wohl, sein Hals kratzte und er glaubte, die Pferde um ihn herum wieherten und bäumten sich auf, nur um ihn zwischen den Boxen zu vertreiben.

„So sind sie eigentlich nie“, wunderte sich Tara. „Irgendetwas scheinen sie nicht zu mögen.“

„Sie mögen mich nicht“, sprach Phil aus, was er dachte. „Und ich sie auch nicht. Ich sollte gehen.“

„Nein, solltest du nicht.“ Sie nahm einen Strohhut vom Haken und warf ihn Phil zu. „Zieh den an. Der bedeckt deinen kahlen Kopf und erinnert sie an Vater.“

Die Tiere beruhigten sich tatsächlich, als er den kratzigen Hut zurechtrückte.

„Siehst du“, strahlte sie. „Es lag an dem kahlen Kopf. So etwas kennen sie hier nicht.“

„Das“, entgegnete er leicht gekränkt. „Oder weil er nach deinem Vater riecht.“

„Sei nicht so mürrisch. Er steht dir. Und jetzt nimm dir eine Gabel, wir müssen den Stall ausmisten.“

Er zögerte einen Moment.

„Bist du dir etwa zu fein dafür?“, fragte sie.

Er schüttelte den Kopf. Nie war er sich für irgendetwas zu fein gewesen. Er kannte die Arbeit und die Arbeit kannte ihn. Auch körperliche Arbeit, wenn man ihm das auch nicht gleich ansah. Im Kloster, bei seinen Brüdern, fielen allerlei Arbeiten an, die es zu erledigen galt. Wie etwa das Rollen von Weinfässern oder Schleppen von Mehlsäcken. Auch Reparaturen am Mauerwerk gehörten zu seinen Aufgaben. Sie hielten sogar ein paar Hühner im Hof, wegen der frischen Eier. Allerdings gab es dort keine Pferde. „Bedeutet das, wir müssen da rein?“ Er deutete auf eine der Pferdeboxen.

„Ich glaube schon“, zog sie ihn auf. „Von außen geht es schlecht.“

Die Gabel fest umklammert, folge er ihr nach kurzem Zögern in die Box und zog das Tor hinter ihm hastig zu. Dann drückte er seinen Rücken fest an die Wand, um dem wilden Tier nicht zu nahe zu kommen.

„Das ist Viktor", stellte sie ihm den Schimmel vor. „Er ist etwas scheu."

Die strammen Beine und das riesige Maul machten es ihm schwer seine Schüchternheit zu glauben. Vorsichtig tastete er sich an den Schimmel heran, bis er plötzlich schnaubte und er zurücksprang.

„Du brauchst keine Angst vor ihm zu haben. Viktor würde nicht einmal einer Fliege etwas zu Leide tun."

Er rechnete mit einem borstigen Fell, doch es fühlte sich eher weich an, selbst die Mähne war nicht so klebrig, wie er sie erwartet hatte.

„Weißt du", begann sie und lachte als er dabei zusammenzuckte. „Es ist schwer den Hof ganz alleine zu führen. Wenn Vater es nicht schafft, dann… Dann brauche ich hier jemanden, der mir bei all dem hilft. Jemanden, der an meiner Seite ist. Jemanden, der mit anpacken kann."

Er ließ den Gaul los und sah sie etwas entsetzt an. Hatte sie das gerade wirklich zu ihm gesagt? Ist ihr sein Gewand nicht geläufig, oder dachte sie am Ende gar nicht darüber nach, was sie da sagte?

Und es obwohl es ihn derart schockierte, glaubte er tief in seinem Inneren ein Lachen zu hören.

„Natürlich hast du mich bemerkt“, sprach eine Stimme aus dem Nichts zu ihm. Eine kleine glühende Kreatur tauchte vor ihm auf. Ihre Haut war rötlich und leicht schuppig. Auf dem Kopf ragten zwei Hörner empor und am Schweif trug sie eine schwarze Spitze.

„Ich weiß, was du bist“, sagte er.

„Das habe ich auch nicht in Frage gestellt. Du kannst mich Luz nennen“, sprach der Dämon. „Von Luzifer. Du kannst natürlich auch gerne Lutz zu mir sagen, wenn dir das leichter über die Lippen kommt. Immerhin bist du ein Pfaffe und Pfaffen haben irgendwie immer Probleme Namen von Dämonen auszusprechen. Ich verstehe gar nicht wieso. Ich sag ja auch nicht Bill zu dir, nur weil dir ein paar Haare auf dem Kopf fehlen.“

„Jeder Buchstabe ist zu schade für dich.“

„Gut, also Luz“, strahlte der Dämon.

„Weder noch“, entgegnete Phil.

„Jetzt sei nicht so ein Grisgram. Sieh dir ihre Brüste an. Sie gefällt dir doch auch. Du musst nur etwas näher heran.“

„Du sollst verschwinden“, drohte Phil mit einer Hand in seiner Tasche.

Der Dämon schüttelte den Kopf. Er wusste, der Pfaffe griff nach dem Weihwasser. Das taten sie immer. „ Das würde ich schön dort lassen, wo es ist. Du weißt, Dämonen reagieren allergisch auf Weihwasser."

„Was du nicht sagst."

„Naja, die Sache ist so: Wenn du mich hier und jetzt verbrennst und ich nicht in die Unterwelt zurückkehre, dann werden meine Brüder den Vater dieser holden Maid hier umbringen und so wie ich dich kenne, möchtest du das nicht verantworten, oder? Sieh sie dir an. Sie würde nur noch weinen und dann das Rot aus ihren Wangen verlieren."

„Bist du hier, um mich zu verführen?"

Luz dachte kurz nach. „So in der Art. Was für ein Gesäß, nicht wahr? Wie sie so kehrt, wäre doch dumm, wenn du einfach..." Luz schlug mit der Hand auf ihren Hintern.

Augenblicklich fiel die Mistgabel zu Boden. „Das geht mir fast schon etwas zu schnell", feixte Tara.

„Nein, ich war das nicht", sprach Phil. „Das war... Ich meine, hier ist ein Dämon. Genau hier, direkt vor mir, siehst du ihn nicht?"

„Und das soll sie dir das glauben?“ Luz lachte. „Sie kann mich nicht einmal sehen.“

„Mir egal, wie du es nennst“, flüsterte sie. „Es ist schon in Ordnung, wenn es erst einmal niemand erfährt.“ Sie nahm ihn in den Arm und küsste ihn.

Viktor wieherte, bäumte sich auf und trat mit seinen Hinterläufen aus, dabei stieß er das Tor auf und rannte kurz darauf hinaus.

„Was für ein Spielverderber“, empörte sich der Dämon. „Hätte er nicht noch einen Moment damit warten können?“

Schreiend lief sie dem Schimmel nach, er entschloss sich ihr zu folgen.

Der Wald empfing ihn mit offenen Armen, zumindest schlugen die Zweige ihm während des Rennens immer wieder ins Gesicht.

„Suchst du sie oder das Pferd?“, lachte der Dämon neben ihm.

„Warum tust du das?“, keuchte er. „Warum lässt du mich nicht einfach in Frieden?“

„Das würdest du nicht verstehen“, antwortete Luz. „Das ist aber auch nichtnotwendig. Man muss die Dinge nicht verstehen, um Spaß zu haben, nicht wahr?“

„Tara!“, rief er ihren Namen und ignorierte den Dämon.

„Was ist schon ein Pferd, nicht wahr?“, grinste Luz.

„Ein Pferd kann mir nicht antworten, wenn ich es rufe …“

„Dann kennst du dich also doch mit Pferden aus?“, staunte der Dämon.

„Wieso hilfst du mir nicht einfach?“

Luz sah ihn erschrocken an. „Vielleicht weil ich ein Dämon bin? Weshalb sollte ich dir helfen? Helfen ist was für Engel.“

„Dann verschwinde!“

Mit einem Plopp löste sich der Dämon in nichts auf.

Unentwegt rief er ihren Namen, ohne eine Antwort zu erhalten. Er war nicht der Schnellste, doch so langsam wurde es unmöglich, dass sie so schnell rennen konnte.

Das Pferd, fuhr es ihm durch den Kopf. Ohne zu verstehen weshalb, rief er nach dem Gaul.

Und der Gaul antwortete.

Mit lautem Wiehern trabte der weiße Schimmel zwischen den Bäumen hervor und präsentierte sich stolz vor ihm.

„Oh nein", seufzte er. „Bei Weya, niemals steige ich auf deinen Rücken."

„Das solltest du aber", erschien ihm Luz erneut.

„Um mir das Genick zu brechen?" raunte Phil. „Das könnte dir so passen."

„Pferde sind zum Reiten erschaffen worden, weißt du?", feixte der Dämon.

„Es geht hier nicht ums Reiten. Es geht um sie", beharrte Phil. „Wir müssen sie finden."

„Nein, du musst sie finden", lachte Luz. „Wobei müssen tust du nicht. Du willst sie bloß finden."

Er wandte sich an den Gaul, der daraufhin schnaubte und zielstrebig in die Richtung trabte aus der er gekommen war.

„Du redest zu viel", stammelte der Dämon vor sich hin.

Nach wenigen Schritten erspähte er einen Schatten zwischen den Sträuchern. Einen Schatten, der etwas ausstrahlte. Etwas finsteres. Nicht einfach Kälte oder Dunkelheit. Es war eher wie eine Art Ruß, der wie Rauch oder Qualm durch die Luft kroch. Es roch stickig, verbrannt und es nahm einen Teil der Sicht auf das, was sich dahinter befand. Aber Qualm, der sich auf die Lunge legte, um denjenigen zu ersticken, der ihn einatmete. Ein Qualm, der nicht nur nach etwas angesengtem roch, sondern der so dicht war, dass man spürte wie er voller kleinen Partikeln war, die Lunge und Arterien verstopfen konnte.

Vor dem Schatten lag etwas auf dem Boden.

„Tara!“, rief er, als er sie erkannte. Doch sie blieb reglos liegen.

Viktor stellte sich stumm neben den Schatten und schien auf etwas zu warten.

Ein Pferd, schwarz wie die Nacht und umgeben von schwarzen Funken stand neben ihm. Auf ihm ein Reiter in dunklem Gewand und Kapuze. Es war als würde Rauch und Asche um ihn kreisen und seinen Worten folgen. Er deutete mit einem fahlen Finger auf den Schimmel.

„Es ist an der Zeit“, sprach eine kratzige Stimme. Eine Stimme rau wie ein unterdrücktes Husten.

„Was hast du mit ihr getan?“, fragte er den Reiter.

„Das Pferd.“ Der Reiter räusperte sich.

„Tu einfach was er sagt", riet ihm Luz. „Du solltest darauf reiten. Es ist Teil des großen Plans."

„Was für ein Plan?"

Der Dämon seufzte. „Der Plan."

Er griff in seine Tasche und zog ein eisernes Kreuz hervor. Als er aufsah, war der Reiter verschwunden. Einzig der Dämon hielt sich die Hand vor Augen und schrie:"Nein! Pack es weg!"

„Nicht bevor du mir sagst, was hier los ist und was für einen Plan du meinst."

„Das kann ich nicht", jammerte Luz.

„Du wirst es können."

„Nein!" Es ploppte, dann war Luz verschwunden. Tauchte dann jedoch noch einmal kurz auf und sagte: „Das mit dem Kreuz war übrigens nur ein Witz. Ehrlich gesagt kenne ich keinen Dämon, der sich davon so leicht beeindrucken lässt."

Phil beugte sich zu der jungen Stallmeisterin herab und hob ihren Kopf an. Sie lebte noch und er dankte Weya dafür. Doch sie hustete Blut.

Er wusste, was das bedeutete, aber war das möglich? Von jetzt auf gleich?

Augenblicklich zog er seine Maske aus der Tasche und zog sie auf. Ein langer Schnabel zierte die Maske, die er von einem Mann erhalten hatte, den er selbst nicht hat retten können. Das Schicksal konnte unbarmherzig sein und unvorhersehbar. Noch immer warf er sich selbst den Tod seiner Frau vor. Beim Versuch sie vom inneren Dämon zu befreien, brachte er nur ihren Tod. Eine Ewigkeit hegte der Mann einen Groll gegen ihn, so wie er es heute noch selbst tut. Nach dem er das Land von seinem Fluch befreit hatte, suchte er den Mann immer wieder auf. Dieser sprach zwar nicht ein Wort mit ihm, doch er erhoffte sich so etwas Linderung für seine Seele. Eines Tages jedoch stand das großzügige Anwesen leer, darin fand er nur die Maske und ein knappes Schreiben: „Du brauchst sie mehr als ich." Es war auszumalen, was mit dem Mann geschehen sein mag. Ein weiterer Verlust, der auf seinen Schultern lastete.

Doch diesmal würde er nicht versagen.

Er hob sie hoch, legte sie behutsam auf den Rücken des Schimmels und wies ihn an zurück zu traben. Es war erstaunlich, wie sehr es seinen Worten Folge leistete.

Die Krankheit war weit fortgeschritten und er verbrachte die ganze Nacht an ihrem Bett. Unentwegt betete er, rief immer wieder Weya um ihre Hilfe. Sie musste es schaffen.

Irgendwann überwog zwischen Gebet und Sprachgesang die Müdigkeit und ihm fielen die Augen zu.

Grelles Licht presste die Lider zusammen. Jeder Versuch sie zu öffnen verursachte ein Brennen auf der Netzhaut. Es war, als wolle das Licht vor seinen Augen nicht gesehen werden. Und doch war es nicht bösartig, vielmehr legte es sich wie warmer Balsam auf die Haut und erinnerte an warme Sonnenstrahlen im Gesicht.

Er kannte dieses Licht, wie lange hatte er es bereits vermisst, wollte es endlich wieder spüren und ihre Worte hören. Und nun, war es endlich wieder da gewesen.

„Weya, bitte erhöre meine Worte: es tut mir Leid. Ich möchte für alle meine Missetaten büßen und deine Worte preisen.“

„Es ist nicht der Moment der Buße, mein Kind“, vernahm er eine sanfte Stimme aus dem Licht. „Du hast auch Großes geleistet, doch ist deine Aufgabe auf Tagalan nicht beendet. Das Größte steht noch bevor. Das Ende von allem Bösen und der Anfang des ewigen Lichts."

„Der Fluch wurde gebrochen, wie du mir aufgetragen hast."

„Er wird nie ganz beendet sein. Doch ich bin dennoch stolz auf dich. Deine letzte Aufgabe wird alles vollends beenden. Nur noch dieses eine Mal sollst du meinen Worten folgen."

„Ich werde ihnen immer folgen."

„Phil", seufzte die Stimme. „Auch du bist nur ein Mensch. Viele Prüfungen hast du bestanden und einigen musst du dich noch stellen. Aber einem sei dir stets im klaren, auch du wirst in Versuchung geführt und bist nur aus Fleisch, das eines Tages leblos sein wird. Dann werde ich deine Seele in meinem Licht einschließen. Doch bis dahin wird es noch ein sehr langer Weg. Ich weiß um deine Angst vor den Vierbeinern, doch du sollst Reiten, Phil. Ich will, dass du dem Schimmel folgst und auf seinem Rücken die letzte Aufgabe erfüllst."

„Welche Aufgabe, Weya?"

„Du wirst sie erfahren, der Schimmel wird dich leiten."

Mit diesen Worten erlosch das Licht und die Stimme verklang. So viele Fragen fuhren durch seinen Kopf.

Als der Morgen graute, wachte er auf und er hob den Kopf vom Laken.

Sie hatte es nicht geschafft.

Einfache Worte reichten nicht aus, um das Geschehene ihrem Vater zu erläutern. Er konnte sie selbst nicht glauben. In nur einer Nacht war Tara an den Folgen der schwarzen Seuche verstorben, wo ihr Vater, der Tage lang unter Qualen litt, schon wieder auf den Beinen war.

Es war das Richtige die Farm zu verlassen.

Phil Fragte sich, ob er seinen Worten tatsächlich geglaubt hatte oder ob er nur wollte, dass der Priester den Hof schnellstmöglich verließ und das mitnahm, was ihn am meisten an seine Tochter erinnerte. Oftmals war ein schneller Abschied der Einfachste. Mit dieser Einstellung hatte er auch sie damals verlassen.

Er zog die Zügel strammer, bis Viktor laut schnaubte und den Kopf schüttelte.

„Der Gaul kann nichts dafür“, sprach Luz. „Du könntest ruhig etwas sagen, weißt du? Die Situation ist schon so angespannt genug. So etwas wie: Ich zerschmettere dich mit meinem Licht der Göttin, oder so. Von mir aus auch ein Fluchen oder, wenn es wirklich sein muss, ein Stoßgebet. Dann aber ganz leise, muss ja nicht jeder hören. Hauptsache du sagst etwas. Ein einfaches gemurmeltes Fluchen würde mir schon reichen, um diese unangenehme Stille zu vertreiben.“

Phils Blick blieb starr, während er den Schimmel weiterzog.

„Komm schon. Du musst dich an so etwas gewöhnen, weißt du? Menschen sterben und das immer mehr.“

„Ist das Teil des großen Plans?“, fragte Phil in genervtem Tonfall.

„Und wenn dem so wäre?“

„Dann merk dir meine Worte. Dieser Plan wird niemals gelingen, nicht solange ich noch einen Atemzug machen werde. Weya ist meine Zeugin.“

Der Dämon seufzte. „Warum setzt du dich nicht einfach auf dieses Pferd und wir sehen wo es dich hinbringt?“

„Du meinst ins Grab?“, protestierte Phil. „Nein, Danke.“

„Was hast du dann vor?“

Er blickte in den Wald. „Wir werden diesen Reiter finden.“

„Ein richtig cooler Typ, nicht wahr?“, zeigte der Dämon seine Begeisterung über den Reiter. „Denkst du, er gibt mir ein Autogramm? Meine Freunde würden mich beneiden, wenn ich damit zurückkehren würde.“

„Das ist respektlos.“

„Tut mir leid. Ich habe nicht einmal Freunde, wenn dich das tröstet.“

„Er scheint etwas zu wissen“, malte Phil seine Gedanken aus.

Ein Schrei weckte seine Aufmerksamkeit.

„Nichts geht über den gequälten Schrei eines Gefangen, nicht wahr?“ Der Dämon sah sich um, doch Phil war bereits im Wald verschwunden. „Warte auf mich“, rief er. „Vielleicht brauchen sie Hilfe beim Foltern.“

Grauenvolle Kreaturen aus bloßen Mark und Knochen umschlossen einen Altar auf dem sich etwas Kleines schreiend hin und her wandte.

„Eine Opfergabe“, freute sich Luz.

„Du kennst diese Dinger?“

„Natürlich“, strahlte der Dämon. „Es sind Handlanger aus der Unterwelt. Nicht sehr gesprächig, aber stets fleißig.“ Er sah genauer hin, eine richtige Opferung hatte er schon ewig nicht mehr gesehen. All der Singsang und das ganze Blut. Nichts war schöner für ihn. „Was ist das?“, entfuhr es ihm. „Diese Locken … ich glaub mir wird schlecht …“ Er schüttelte sich angewidert. „Tut mir leid, Phil. Aber da bin ich raus.“ Dann machte es Plopp und der Dämon war verschwunden.

Das für den Dämon so ekelerregende Wesen auf dem Altar kreischte und schlug dabei mit seinen kleinen Flügeln.

Einer Schar Skelette war er noch nicht begegnet. Selbst mit einer Waffe waren sie kaum zu stoppen. Man schlug sie auseinander und sie setzten sich wieder zusammen, zumindest hatte er das mal irgendwo gelesen.

Wie von der Wespe gestochen preschte Viktor hervor und sprang über die Sträucher hinweg bis er schließlich auf einem der Untoten landete. Das Gerippe zerfiel augenscheinlich zu Staub unter seinen Hufen. Noch ehe sie wussten, wie ihnen geschah und ehe sie nach ihren Schwertern greifen konnten, biss der Schimmel einem Skelett nach dem anderen den Kopf ab, wobei sie direkt zu Staub zerfielen.

Scharfe Klingen perlten an der reinen Haut des Schimmels ab, wie Wassertropfen auf einer Seerose, die sich stolz aus dem Wasser erhob.

Phil rieb sich die Augen. Konnte das wirklich gerade passiert sein? Was stimmte mit diesem Gaul nicht?

Die letzten verbliebenen Untoten flohen vor dem furchteinflößendem Wiehern und verschwanden in den tiefen des Waldes.

Jetzt erst traute er sich aus seiner Deckung und befreite das Wesen, welches die Untoten an einen improvisierten Altar gefesselt hatten.

Erleichtert schlug es mit den Flügeln und erhob sich dankend vor seinen Augen. Erst jetzt sah er die weiße Tunika, die ein wenig an eine Windel erinnerte.

„Dieses Pferd“, sagte der Engel. „Dann bist du…?“

Phil stellte sich kurz und knapp vor, wartete dann jedoch auf eine Erklärung. Erst ein Dämon und jetzt begegnete er auch noch einem Engel. Das passierte nicht jeden Tag.

Der Engel wich eine blonde Locke aus dem Gesicht. „Dann habe ich dich endlich gefunden.“

„Mich“, wunderte sich Phil. „Ein Engel sucht jemanden wie mich auf? Weya, ich bin deiner nicht würdig.“

„Krieg dich wieder ein“, meldete sich Luz zu Wort. „Bei mir hast du nicht so eine Szene gemacht.“

„Wie ich sehe haben die Dämonen dich bereits gefunden“, fasste der Engel zusammen.

„Ja“, strahlte Luz. „Und nicht nur das, wir waren wesentlich schneller.“

„Wovon, bei Weya, redet ihr?“

„Von dem großen Plan“, sprach der Engel ehe ihm Luz ins Wort fallen konnte.

„Denk an die Regeln“, mahnte der Dämon.

„Natürlich denke ich daran“, murmelte der Engel. „Man darf doch wohl als Engel davon ausgehen, dass ein Dämon, bekannt für das Brechen von jeglichen Regeln, wie es ihm seine Natur nahelegt, bereits dagegen verstoßen hat und diesen jungen Herrn hier bereits über alles informiert hat, oder etwa nicht?“

Luz sah ihn schräg an. „Du weißt, dass das keine normalen Regeln sind, die man einfach brechen kann ohne gleich das gesamte Raumzeitkontinuum zu zerstören? Selbst ein Dämon würde das nicht tun. Dafür sind Foltern zu aufregend.“

„Dann weiß er es nicht?“

Der Dämon schüttelte den Kopf.

„Aber er ist der Richtige?“ Der Engel sah dabei zu Phil herüber.

Luz deute auf das Schimmel. „Er würde sich nicht irren.“

„Also gut.“ Der Engel klopfte den Dreck von seiner Tunika. „Mein Name ist Gabriel Alexander Daniel Raphael Funkiel.“

Der Dämon musste sich bei diesen Worten beinahe übergeben. Engel hatten immer besonders fürchterliche Namen. Er fragte sich, ob sie keine Sorge davor hatten, dass einer der Propheten ihn falsch aussprechen oder schreiben würde. Dämonen war da anwendungsbezogener, wie er es immer nannte.

„Für dich Gabe“, strahlte der Engel.

„Noch schlimmer“, keuchte Luz. „Ich werde dich einfach Funky nennen und dich ganz doll hassen.“

„Warum ist ein Engel auf Tagalan?“, wunderte sich Phil. „Von allen Orten auf Tunuss ist es wohl der abscheulichste und gefährlichste Ort den es für ein himmlisches Geschöpf geben kann.“

„Man sandte mich, um dich zu begleiten“, erklärte Gabe und sah dabei den Dämon schräg an. „Damit du nicht vom rechten Weg abkommst.“

„Weya weiß, das würde ich niemals.“

„Als Engel steht es mir eigentlich nicht zu das zu sagen, aber: Manchmal wissen vermutlich auch die Götter nicht immer alles.“

„Du sprichst nur in Rätseln.“

„Weil es ein verdammter Engel ist“, fluchte Luz. „Die reden immer so.“

„Was sagst du?“, begehrte Gabe auf. „Verdammt bin ich sicher nicht. Wenn hier einer verdammt ist, dann wohl du.“

„Habe ich gesagt, es wäre etwas Schlechtes?“, widersprach der Dämon.

„Dann wolltest du mich so etwas wie loben?“, wunderte sich der Engel.

„Niemals! Nicht mal über meine verbrannte Asche."

Viktor beendete den Streit mit einem lauten Wiehern.

„Er hat recht", strahlte der Engel. „Reiten wir los."

Keiner der Anwesenden regte sich, bis Luz schließlich sprach: „Weißt du, da gibt es so ein klitzekleines Problem…"

„Sag jetzt nicht, er…"

„Er hat Angst vom Sattel zu fallen."

„Bei den Göttern", seufzte Gabe und sah wie Phil an den Zügeln zog.

„Wir kommen auch so dort hin, wo wir hin wollen", entgegnete Phil.

„Aber viel langsamer…", entfuhr es Gabe. „Wo gehst du überhaupt hin?"

„Ich muss den schwarzen Reiter finden", erklärte Phil.

„Aber", stammelte der Engel. „Aber wir müssen…"

Luz hielt ihm den Mund zu. „Denk an die Regeln", flüsterte er. Er wich sich angewidert die Hand an seinen Hufen ab. „Und das war das erste und auch das letzte Mal, dass ich dich angefasst habe, klar? Also gewöhne dich gar nicht erst daran."

„Niemals!"

„Oh, ich kenne eure Tanzorgien", sprach der Dämon und hob dabei einen seiner Finger.

Ein kalter Schauer lief ihm über den Rücken, als die Beiden miteinander tuschelten. Ein Engel und ein Dämon wurden gesandt, um... Um was? Ihn zu begleiten? Zu beschützen? Und was war mit diesem Gaul? Alles schien sich nur um ihn zu drehen.

Viktor schnaubte, als könne er seine Gedanken lesen.

Was es auch war. Es musste warten. Erst musste er diesen Reiter finden. Es konnte unmöglich ein Zufall gewesen sein, dass sie so schnell erkrankte, nachdem sie ihn getroffen hatte. Er war in der Nähe, das wusste er. Möglich, dass er ihn sogar bereits beobachtete.

Er fragte sich, was sie wohl denken würde, wenn sie ihn mit einem Schimmel reisen sehen könnte? Würde sie überhaupt noch etwas denken? Sicher hasste sie ihn seit ihrer Trennung. Vielleicht hatte sie ihn aber auch schon längst vergessen. Eine derart attraktive Elfe war in Tagalan nicht lange allein.

Ein Rotkehlchen trillerte über ihm, kräftig, rhythmisch und voller Hoffnung. Die Natur konnte so einfach und unkompliziert sein. Manchmal musste man nur singen, um sein Gegenstück zu treffen und ein harmonisches Leben miteinander führen zu können.

Ein Weibchen näherte sich dem Sänger, der daraufhin immer lauter und kräftiger trillerte.

„Der geht ganz schön ran, was?“, kommentierte Luz die Zweisamkeit der beiden Vögel. Da ihn Phil nicht einmal ansah, fügte er hinzu: „Du hattest deine Chance im Stall, weißt du noch?“

Phil ignorierte ihn und ging weiter.

„Jetzt sei nicht sauer“, sagte der kleine Dämon zu ihm. „Ich besorge dir einfach eine neue Gelegenheit.“

„Und warum?“, fragte er schließlich.

„Warum?“, wunderte sich Luz. „Meinst du das ernst? Soll ich dir jetzt die Sache mit den Blumen und Bienen erklären? Ich dachte du bist ein Gelehrter?“

„Warum würde ein Dämon helfen, Liebe und Zuneigung zu verbreiten?“

„Was?!“, fuhr Luz auf. „Das ist nicht dein ernst. Davon habe ich niemals gesprochen. Das würde ich nicht einmal denken!“

„Er will dich bloß in Versuchung führen“, erklärte Gabe. „Das ist typisch für Dämonen, sie wissen genau, dass Priester keine Frauen haben können.“

„Pah“, schnaubte Luz. „Du hast wohl noch nie das Gegenteil gesehen, was?“

„Können wir nun das Thema wechseln?“

Luz legte einen Arm um seinen Hals. „Phil, Kumpel“, sprach er mit ruhiger Stimme. „Verheimlichst du mir etwa etwas? Du weißt doch, einem echten Kumpel kannst du alles anvertrauen.“

Gabe stieß ihn zur Seite. „Komm jetzt nicht auf die Kumpeltour bei ihm. Das ist gegen die Regeln.“

„Was?!“, schrie Luz auf. „Seit wann dürfen Priester nicht einmal mehr Freunde haben? Jeder braucht einen besten Freund.“

„Na wenn das so ist, dann lass mich doch dein Freund sein.“

„Bist du verrückt?“, entfuhr es Luz. „Niemand will dein Freund sein. Außerdem bin ich bereits Phils Freund, nicht wahr Kumpel?“

„Ich habe genügend Freunde auf Tagalan“, winkte Phil ab. „Da brauche ich sicherlich keinen Dämonen an meiner Seite.“

„Siehst du?“, lachte Gabe. „Niemand braucht dich.“

„Moment, Funky. Oder soll ich lieber Gaby sagen? Verwechsle mich nicht mit dir, klar? Immerhin bin ich sein Flügelmann.“

„Das bist du nicht“, lehnte Phil ab.

„Gut“, machte Luz. „Dann bringe ich dir halt nicht das Reiten bei. Und nur, dass du es weißt, ich bin ein ziemlich guter Lehrer.“

Gabe schüttelte den Kopf. „Dass ihr Dämonen aber auch immer und überall lügen müsst.“

„Vorsicht“, warnte ihn Luz. „Lügen sind immer noch besser als Halbwahrheiten.“

„Eine halbe Wahrheit ist keine halbe Lüge, falls du das denkst.“

„Pah“, gab Luz von sich. „Eine halbe Wahrheit ist eine halbe Geschichte für die Sterblichen und in die andere Hälfte interpretieren sie dann etwas hinein, was ehrenloser als jede Lüge der Welt ist. Ihr erzählt nur Geschichten und Märchen, selbst dann, wenn ihr keine erzählt."

„Bitte?", begehrte der Engel auf.

Phil unterbrach die Beiden, weil er etwas zu hören glaubte. Es war wie ein Gesang. Ein Gesang der ihn zu sich rief.

Je näher er dem Ursprung des lieblichen und zierlichen Klanges kam, desto besser nahm er ihn mit jedem einzelnen seiner Sinne war. Die Ohren umsäuselt von den zarten Tönen, drangen sie süßlich in Mund und Nase ein und legten sich dabei sanft auf seine Haut. Ein Kribbeln durchfuhr ihn, als seine Augen des Antlitz erblickten, das für diesen Genuss verantwortlich war.

Sofort fiel ihm ihr aschblondes langes Haar auf, welches bei ihren grazilen Bewegungen im Wind wehte. Ihr Tanz war ebenso leicht und unbeschwert wie ihr Gesang es war. Er wusste. was es für ein Geschöpf war und er war in ihren Bann gezogen worden.

Das Kichern des kleinen Dämons zog ihn in die Realität zurück. „Ich muss schon sagen", feixte Luz. „Geschmack hast du. Was für ein Gesäß..."

Die Nymphe zuckte erschrocken zusammen und stolperte. Dann zog sie ihr Kleid zurecht und rannte davon.

„Warte“, rief Phil ihr nach. „Ich will nur mit dir reden.“

„Genau“, wiederholte Luz. „Er will nur mit dir reden.“

Der Engel sah ihn tadeln an. „Musst du das so merkwürdig betonen?“, fragte er schließlich.

„Wieso betonen?“, wunderte sich der Dämon. „Ich wiederhole nur, was er gesagt hat.“

Er rannte ihr nach, ignorierte dabei die Kommentare des Dämon und hoffte sie einzuholen.

Sie legte ein Bündel Narzissen auf das Grab ihrer Eltern, obschon sie wusste, dass sie nicht beide dort ruhten. Schon gar nicht in Frieden. Wie konnten sie auch? Zerstückelt und enthauptet von blutdürstigen Schwertern. Dem Vater aus Machtgier, der Mutter aus einer Laune der Liebschaften heraus. Sie hoffte es dennoch. Auch wenn sie nicht betete.

Sie ballte eine Faust und presste sie fest zusammen.

Nie wollte sie ihrem Vater glauben, dass nur das Schlechte in ihnen steckt. Nun, nach so langer Zeit und so großen Verlusten, hatte sie es endlich begriffen.

Sie war zurückgekehrt an den äußeren Rand von Tagalan, dort wo sie geboren worden war, dort wo man sie mit ihrer Schwester vertrieben hatte. Wo man ihr alles genommen und alles zerstört hatte.

Als geborene Erf, empfand sie es als ihre Aufgabe und ihre Pflicht das Erbe ihres Volkes wieder aufzubauen und gegen alles und jeden zu verteidigen.

Ihre Vergangenheit machte sie zu einer großen Kriegerin unter den Elfen, würdig sie zu einen und anzuführen. Und es zeigte große Erfolge.

Einige der Elfenbeintürme hatten den Brand durch den Dämonenritter überstanden, andere waren bereits wieder aufgebaut und reckten stolz inmitten des Waldes in den Himmel, ließen die Sonne sich im geschliffenen Elfenbein spiegeln und strahlten die Wärme gleichmäßig über die Baumwipfeln hinweg aus.

Dieses Land gehörte den Elfen und das sollte auch so bleiben.

„Meine Herrin“, sprach sie einer ihrer Gefolgschaften an. „Ich störe nur ungern, aber…“

„Was!“, herrschte sie ihn an und hielt den Blick starr gegen ihn gerichtet.

„Unsere Späher haben ihr Lager entdeckt“, sagte er mit schwacher Stimme.

„Das ist gut.“ Sie knirschte mit den Zähnen vor Wut. „Ruft die Wölfe und wir beginnen sogleich mit dem Angriff.“

„Aber Herrin“, zögerte der Elf. „Sie haben Frauen und Kinder bei sich. Es wäre…“

„Nein“, unterbrach sie ihn. „Wir greifen an. Auch wir haben Frauen und Kinder in der Stadt. Sie nehmen auch keine Rücksicht darauf, wenn sie uns attackieren, oder?“

Er schluckte und schüttelte schwach den Kopf.

„Dann tu, was ich sage!“, brüllte sie. „Und ich will, dass jemand auf meine Schwester achtgibt, während wir fort sind.

„Ja, Herrin“, nickte er schwach und ließ sie allein am Grab ihrer Vorfahren stehen.

„Ich tue das für euch“, presste sie zwischen den Lippen hervor. Sie wusste, sie konnten sie nicht hören, wenn sie es jedoch hätten können, dann wusste sie, sie würden sie verstehen. Etwas, was er niemals können würde. Er würde es nicht nur nicht verstehen, er würde versuchen es ihr auszureden. Vielleicht würde er sie auch hassen, hassen für das, was aus ihr geworden war. Er hatte es nie begriffen und er würde es auch nie begreifen. Frieden, Rücksicht und Vergeben waren nur Zeichen von Schwäche, ebenso gut konnte man sich einfach irgendwo in die Sonne legen und nichts tun, das Ergebnis, wenn sie eines Tages ihnen in den Rücken fielen, wäre dasselbe. Und das konnte sie in ihrer Position nicht verantworten.

Sie verabschiedete sich von ihren Eltern und ging die Stufen hinab.

Er hatte seine Entscheidung getroffen und sie die Ihre.

Sie stolperte ungewöhnlich oft für eine Nymphe, dachte er, während er zu sah, wie sie sich erneut auf die Beine hob. Irgendwann drehte sie sich zu ihm um und lief weiter, ohne zusehen wohin sie lief. Sie stieß an einen der Bäume, schrammte sich das Knie auf und stürzte zu Boden.

„Das ist deine Chance, Phil, ehe sie langsam zu sich kommt. Sieh doch nur wie groß ihre…“

„Luz!“, tadelte er den Dämon. „Hilf mir lieber ihre Wunden zu versorgen.“

„Hast du nachgesehen, ob sie noch mehr hat?“, feixte der Dämon. „Du solltest sichergehen, nichts zu übersehen.“

Gabe zischte. „Das ist typisch für euch“, sagte er schließlich. „Außerdem ist sie vor dir davongerannt. Wärst du nicht gewesen, hätte sie sicher weiter getanzt.“

„Woher wusste ich, dass dir ausgerechnet das gefallen hat?“

„Ihr seid beide keine Hilfe“, wandte Phil ein, dann sah er, wie ihn ein klares himmelblaues Paar Augen hilflos ansah.

„Wer bist du?“, fragte die Nymphe. Selbst wenn sie sprach, erinnerten ihre Worte an ihren lieblichen Gesang.

„Nur ein einfacher Mann“, antwortete Phil.

„Mit großen zarten Händen“, beendete Luz den Satz.

„Schweig!“, fuhr er den Dämon an.

„Aber ich sage doch gar nichts“, entgegnete die Nymphe.

„Das ist nicht schlimm, Kleines“, sagte Luz. „Er redet so viel und gerne, sicher redet er auch für dich mit.“

„Kannst du sie nicht sehen?“, fragte Phil.

„Wen sehen?“, fragte die Nymphe und sah sich um.

„Ich weiß nicht wieso, aber ich werde von einem Engel und einem Dämon verfolgt“, erklärte Phil.

„Verfolgt?“, wunderte sich Gabe. „Wir sind hier, um dir zu helfen.“

„Wow, wow, wow“, begehrte Luz auf. „Das 'Wir' existiert nur in deinen Fantasien, Freundchen. Auf deine Orgien gehst du schön ohne mich, klar?“

„Aber wobei helfen?“, hakte Phil nach. „Ihr habt mir nicht gesagt wobei.“

„Weil wir das nicht dürfen“, erklärte Gabe.

Sie sah ihn fragend an und schien etwas zu überlegen. Das tiefe Blau in ihren Augen war wie das Meer an einem heißen Sommertag, es lud zum Baden und Verweilen ein. Ließ Raum und Zeit vergessen, als lösten sie sich in Luft auf. „Mein Name ist Herkyna“, stellte sich das Mädchen vor.

Es dauerte bis er bemerkte, dass sie auf etwas wartete. „Phil“, sagte er schließlich.

„Phil“, sagte sie abwesend. „Der kahlköpfige Mann, der mit sich selbst spricht. Naja, fast kahlköpfig“, fügte sie hinzu.

Er sah an ihr herab.

„Ich wollte dich nicht kränken“, sagte sie. „Wobei... Du warst derjenige, der meinen Tanz unterbrach. Die alte Eiche, war einst meine Mutter, weißt du? Ich wollte ihr Grab mit meinem Gesang ehren.“

„Es war wunderschön“, sagte er ohne darüber nachzudenken.

„Für gewöhnlich sehen Sterbliche so etwas nicht...“ Sie errötete ein wenig. Es schien ihr unangenehm zu sein, ebenso, dass er sich so über sie beugte.

Phil entschuldigte sich und versorgte rasch die Wunde. „Sie wurden mir aufgezwungen“, sprach er schließlich. „Also dieser Dämon und der Engel. Ich weiß nicht wieso und weshalb. Und dann ist da noch dieses Pferd...“

„Welches Pferd?“, wunderte sich Herkyna. „Ich sehe kein Pferd. Oder ist auch unsichtbar?“

Er sah sich um, doch Viktor war nirgends zusehen.

Der Engel tobte außer sich. „Das darf doch nicht war sein! Wie konntest den Schimmel nur verlieren?!“

„Ich?“, begehrte Luz auf. „Das Bewachen ist ja wohl eher die Aufgabe von euch Engeln, oder?“ An Phil gerichtet wandte er ein: „Das passiert, wenn man nicht reitet.“

„Ich reite nicht!“, beharrte Phil.

„Und doch hast du ein Pferd dabei. Zumindest behauptest du das“, sprach Herkyna.

Vorsichtig half er der Nymphe auf die Beine. Ihre Haut war bemerkenswert weich und ihre Hände ganz zart. „Es heißt Viktor“, sagte er nach einer Weile. „Die Sache mit dem Reiten erkläre ich dir später. Wir müssen ihn suchen.“

Dann liefen sie los.

Rauch stieg in den Nachthimmel auf.

Inmitten einer hügeligen Landschaft waren Zelte aus Fell und Barrikaden aus Holz errichtet worden. Inmitten der kleinen Siedlung brannte ein Lagerfeuer, um Frauen und Kinder in den Behausungen zu wärmen und um etwas Licht zu spenden, damit sich die Truppen im Lager zurechtfanden.

Zwei der Zentauren standen am Eingang des Lagers und hielten wache. Ein Bogen war an die Wand gelehnt, der andere Zentaur hielt seine Waffe fest in der Hand und sah sich um. „Hast du keine Angst, sie könnten uns finden?“, fragte er seinen Kameraden, der gelassen die Sterne beobachtete.

„Dort oben zu sein muss atemberaubend sein“, sprach er. „Frei und völlig sorglos. Niemand leidet Hunger oder rennt vor irgendjemandem davon.“

„So wie wir?“, versuchte sein Kamerad in die Thematik einzusteigen.

„Wenn das Universum so groß und friedlich ist, warum sind wir dann ausgerechnet hier unten und stehen vor diesen Holzbaracken wache?“

„Weil es unsere Aufgabe ist, die Bewohner zu schützen. Sie sind müde vom Umherziehen und den vielen Raubzügen, die wir machen müssen, um hier unten zu überleben.“

„Ich hab die Anspielung schon verstanden …“

„Dann denkst du, es war richtig die Wachen der Erf zu erschießen?“ Er sah seinen Kameraden vorwurfsvoll an, doch dieser sah noch immer in den Nachthimmel.

„Wären wir dann noch hier? Du hast doch auch Frau und Kinder da drinnen. Würdest du nicht alles tun, um sie zu beschützen?"

Er dachte kurz nach. Auch die Elfen im Wald hatten Familien und sorgten sich um ihre Liebsten. Es war nicht richtig sie zu bestehlen und zu morden. Sicherlich hätte es auch eine friedliche Lösung gegeben. Sein Kamerad war jedoch der festen Überzeugung das Richtige getan zu haben. Immerhin hatten sie in ihrer Stadt mehr als genug Proviant und leider wusste er, dass sein Kamerad ebenso über die Elfen dachte.

Er schabte mit einer seiner Hufen über einen der Steine und rieb sich die Hornhaut ab. Das machte er immer, wenn er nervös war. Und er war mehr als nervös, es waren Unschuldige die sie ermordet hatten nur um an ihre Nahrung zu kommen. Mehr umherziehen und jagen hätte sicher gereicht, um jeden von ihnen satt zu bekommen. Manchmal wünschte er sich, sie hätten bei ihren Spähausflügen die Elfen niemals entdeckt. Sie waren viel mehr als sie und sie waren viel besser aufgestellt. Er wusste, sie hatten damit ihr eigenes Grab geschaufelt.

Wölfe heulten.

Sein Kamerad beruhigte ihn. „Das ist nur der Mond. Genauer gesagt, sind es die Wölfe mit ihrem gewöhnlichen Revierverhalten, das der Mond verstärkt."

Dann knurrte es aus einem der Büsche. Augenblicklich legte er den Bogen an und hielt die Spannung.

Es ging alles ganz schnell.

Ein Pfeil sauste an ihm vorbei und traf seinen Kameraden in die Brust. Während sein Leib zu Boden fiel, verfehlte sein Schuss den Busch und ein Rudel Wölfe strömte auf ihn zu. Zwar gelang es ihm mit heftigen Huftritten die ersten Angriffe abzuwehren, doch es war aussichtslos. Zu viele Wölfe griffen ihn an, sprangen auf ihn, verbissen sich in Fleisch und Waden, zerrten an ihm und schließlich ging einer von ihnen ihm mit einem gezielten Satz an die Kehle. Im Sterben hoffte er noch, durch sein Rufen die anderen im Inneren warnen zu können.

Hörner bliesen und Pfeile hagelten auf die Wölfe. Frauen und Kinder galoppierten aus ihren Zelten quer durch das Lager. Was die Wölfe nicht niederrissen, das trafen brennende Pfeile.

Rasch griff das Feuer um sich und sprang von Fell zu Fell, von Holz zu Holz, bis das ganze Lager brannte.

Elfen rannten in das Dorf, schossen um sich und nutzten ihre Klingen um alle der Vierbeiner auszuschalten. Nie wieder sollten sie den Wald betreten.

Einer von Ihnen traf in einem der Zelte ein junges Mädchen. Zitternd legte er einen Pfeil auf sie an. Es war sein Befehl.

Eine Träne rann über seine Wange, dann ließ er los.

Der Pfeil traf dicht neben der Kleinen in einen der Wasserkrüge. Er zerberste und Wasser sickerte in den Boden.

Er half der Kleinen auf die Beine und schnitt ein Loch in das Zelt. Dann nahm er sie hoch, trug sie unbemerkt aus dem Zelt heraus und trat die Barrikaden zur Seite.

Er wich sich die Tränen aus dem Gesicht und sagte: „Lauf. Lauf um dein Leben!"

Die Kleine galoppierte los, da sah er einen der Wölfe aus einem Busch springen. Das Maul weit offen, bereit ihr an die Kehle zu springen, hielt er auf die junge Zentaurin zu.

Der Elf schoss ihn nieder und vergewisserte sich, dass die Kleine davon kam. Dann ging er zurück in das Zelt um es wieder zur anderen Seite zu verlassen. Einer seiner Kameraden nickte ihm zu.

Er nickte als sei alles in Ordnung.

Dann ging er ins nächste Zelt, den Bogen im Anschlag.

Es dauerte nicht lange, dann waren alle der Zentauren vernichtet. Überall im Lager lagen ihre leblosen Leichen herum, besudelt von Blut.

Sie grinste, als sie aus der Ferne sah, wie die lichterlohen Flammen den Nachthimmel erhellten.

„Sieh nur, wie sich alles an ihr bewegt, wenn sie ein Bein vor das Andere setzt“, staunte Luz. „Ich hoffe, wir finden den Gaul nicht so schnell.“

„Spinnst du?“, begehrte Gabe auf. „Viktor ist das Wichtigste überhaupt. Wir dürfen ihn nicht verlieren. Es steckt so viel Sorgsam, Mühe und Fleiß in dem Schimmel.“

„Klingt für mich eher wie eine Konstruktion“, lenkte Phil ein.

Herkyna sah ihn fragend an.

„Sag ihr, du hast nicht von ihr geredet“, riet ihm der Dämon. Doch Phil beschloss lieber nichts weiter zu sagen.

Stattdessen stellte die Nymphe die Fragen. „Was genau ist das für ein Pferd?“

„Ein Schimmel, und er heißt Viktor. Ich habe ihn von einer guten Freundin“, sagte er. Den Hinweis des Dämons, sie sei nicht so eine gute Freundin gewesen, ignorierte er. Auch das Gequieke des Engels.

„War sie hübsch?“

Luz gestikulierte derart unerbittlich mit Händen und Hufen, dass er kaum sah wo er hintreten konnte. „Ich pflegte ihren Vater, er litt an der schwarzen Seuche.“

„Dann bist du ein Heiler?“, freute sich die Nymphe. „Hast du ihn heilen können?“

Phil nickte schwach, erzählte dann jedoch vom Tod der Tochter. Sogleich fragte er sie nach dem Reiter.

Sie bleib stehen. „Ich kenne ihn“, sagte sie. „Seit einiger Zeit durchstreift er meinen Wald. Es ist als würde der Tod ihm folgen. Seine Aura ist so kalt und bitterlich.“

„Dann weißt du, wo ich ihn finden kann?“, fragte Phil.

„Er lauert denen auf, die den Wald betreten und reist gelegentlich zu einem der Dörfer. Überall werden die Menschen krank, wo er auftaucht und sterben.“

„Das ist unmöglich ein Zufall“, grübelte er.

„Kannst du machen, dass er verschwindet?“ Sie sah ihn bei diesen Worten unschuldig an. Augenblicklich versicherte er ihr mit ihm zu reden.

„Ist das Viktor?“, jubelte Herkyna.

Unberührt und völlig mit sich selbst im reinen lag eine Quelle eisblauen Wassers vor ihnen. Neugierig sammelt sich die Fische an der glänzend klaren Oberfläche, dort wo die Nüstern des Pferdes in das kühle Nass eintauchten, um von dem kostbaren Gut des Waldes zu kosten. Schüttelnd schleuderte er das Wasser aus seinen Lippen und aus der Nase, dann sah er zur Nymphe herab, die sich langsam und vorsichtig im näherte. Stolz blies er in die Nüstern und reckte er den Kopf entgegen.

„Er ist wunderschön“, raunte Herkyna und streichelte ihn. „Wir haben uns sorgen gemacht, dabei hattest du bloß ein wenig Durst, nicht? Trink, es soll heute Dein sein. Der Wald und seine Bewohner heißen dich willkommen."

Viktor trank weiter.

„Denkst du, er hat ihn dir überlassen, damit er nicht mehr an seine Tochter erinnert wird?", fragte sie schließlich Phil.

Er zog die Schultern nach oben. Was hatte dieser Gaul nur an sich, dass ihn alle so sehr mochten?

Sie strich ihm über die Seite. „Ich spüre wie rein er ist, als wäre er die Inkarnation der Unschuld selbst. Noch nie habe ich so eine Aura bei einem Pferd gespürt. Nicht einmal ein Einhorn kommt ihm gleich. Sieh nur, selbst die Fische haben keine Angst vor ihm."

Phil wunderte sich, dass sie vor ihr ebenfalls nicht davon schwammen. Dann erinnerte er sich, dass es nichts Ungewöhnliches für eine Nymphe war. Immerhin standen sie der Natur nahe und waren durchaus in der Lage mit Pflanzen und Tieren zu kommunizieren.

Sie rief ihn zu sich.

Noch ehe er das kalte Nass berührte, huschten die Fische davon und ließen die drei alleine am Ufer.

„Spürst du es nicht auch?"

Sein Herz klopfte schneller, als sie seine Hand festhielt und damit über die Haare des Schimmels strich. Alles was er jedoch spürte, war das Zarte in ihrer Haut und die Wärme ihrer Handfläche. Selbst ihre Atemzüge nahm er war.

Viktors Muskeln zuckten kurz, doch er ließ sich von ihm berühren.

Dann flüsterte sie ihm ins Ohr. Ihr Atem war warm und lag wie ein dünner Hauch auf Wange und Ohr. Wie der Kuss der ersten Sonnenstrahlen im Frühjahr. „Ich will, dass du ihn reitest", flüsterte sie. Die Worte waren derart schwach, dass er sie kam verstand. Doch er schüttelte den Kopf. „Du musst keine Angst vor ihm haben, er wirft dich nicht ab."

Gabe hielt beide Hände an sein Gesicht und raunte laut. Die Romantik in diesem Moment hatte seinen Verstand gerade überwältigt.

Luz hingegen musste sich beinahe übergeben. Der Dämon stieß mit seinem Dreizack in den Hinterleib des Schimmels.

Viktor bäumte sich auf und sprang davon.

Herkyna sah ihn verwundert nach.

„Jetzt nimm sie schon", hörte Phil den Dämon neben sich.

„Bist du wahnsinnig?", begehrte der Engel auf. „Wie kannst dem Schimmel so etwas antun?"

Luz verschränkte die Arme. „Der Zweck heiligt die Mittel", sprach er scharf. „Aber wem sage ich das…"

Sie stolperte bei dem Versuch ihm zu folgen.

Phil hob sie auf und erntete einen festen Blick von ihr. „Etwas hat ihn erschreckt", erklärte sie. „Und das warst nicht du."

Er nickte wissend. „Das war der Dämon, von dem ich dir erzählt habe."

„Du Petze!", rief Luz. „Denkst du etwa die Kleine steht auf Petzen?"

„Ich habe dich auch nicht für einen Lügner gehalten." Herkyna lächelte bei diesen Worten. „Trotzdem sollten wir ihn beruhigen."

Viktor war im dunkleren Teil des Waldes verschwunden. Es war nicht kalt und finster, es war nur ruhig und dicht bewachsen.

Phil sah auf ihre Hände und ertappte sich bei dem Gedanken danach zu greifen. Was machte er hier eigentlich? Er lief mit einer leicht bekleideten Nymphe durch den Wald und suchte ein Pferd, das er gar nicht haben wollte und von dem jeder sagte, er solle es reiten. Es wurde Zeit diesen Unfug zu beenden, die Menschen von Tagalan brauchten ihn und seine heilenden Hände.

„Er ist bei ihm", sagte sie. Als Phil sie fragend ansah fügte sie hinzu: „Der Reiter von dem du gesprochen hast, ich spüre ihn. Der Wald wehrt sich gegen seine Präsenz."

Viktor hielt direkt neben dem schwarzen Hengst. Die Dunkelheit flackerte um ihn und seinen Reiter.

Herkyna brüllte ihn an, er solle ihren Wald verlassen. Leute wie er waren hier nicht willkommen. Doch der Reiter sprach nicht, er erhob nur seine Hand gegen sie.

Phil presste sich dazwischen. Obschon er nicht wusste, was er tun konnte sprach er: „Du lässt sie in Frieden."

Eine grässliche Lache ertönte unter der Maske. Jetzt erst sah er einige der Tiere des Waldes leblos vor ihm liegen. Die schwarzen Flecken und das Blut auf ihren Mäulern... Konnte es wirklich sein, dass er die schwarze Seuche verbreitete? War er womöglich selbst infiziert? Aber… so schnell?

Der Reiter deutete auf Viktor. Genau wie beim letzten Mal. Wenn ihm nichts an den Lebenden lag, warum verschonte er ihn und Viktor dann?

Herkyna stand auf und brüllte ihn an. Der Klang lief ihm kalt über den Rücken.

Der Reiter regte sich nicht.

Wurzeln schlugen aus dem Boden, gruben sich an den Hufen seines Pferdes hoch.

Wieder lachte er, als sich sein Reittier aufbäumte und mit den Vorderbeinen die Wurzeln zerriss.

Das Entsetzen stand ihr ins Gesicht geschrieben. Niemand konnte sich ihren Zaubern entziehen. Warum dann er?

Sie sackte in sich zusammen, spürte die Kälte nach ihr greifen und begann zu husten.

Oh nein, fuhr es Phil durch den Kopf. Er nahm etwas Weihwasser aus seiner Tasche und warf es dem Reiter entdecken. Wenn er eine dämonische Kreatur war, würde ihm das ein Ende bereiten.

Doch es geschah nichts. Was immer er war, er war weder menschlich noch ein Dämon. Und doch war er abscheulich und grausam.

Er zog seinen Dolch und bete zu Weya.

Der Reiter lachte nur schrill und bot ihm die Zügel des Schimmels dar.

Dann stieß er zu.

Prompt warf ihn der Hengst von den Beinen, kehrte um und galoppierte mit seinem Reiter davon.

Viktor sah ihnen eine Weile hinterher, dann wieherte er.

Herkyna versuchte aufzustehen, krümmte sich jedoch vor Husten. Ihre Lunge brannte.

Phil nahm sie in den Arm und lehnte sie behutsam an einen Baum. Irgendwo in den Taschen musste er noch ein wenig Medizin haben.

Plötzlich begann die Nymphe zu leuchten. Erst ganz schwach, dann immer heller. Schließlich leuchteten das Gras unter ihren Füßen und der Baum an dem sie lehnte ebenfalls. Phil musste die Augen zusammenkneifen.

Als er sie wieder öffnete, stand Herkyna auf, gerade so, als wäre nichts gewesen. Doch das verdorrte Gras unter ihr und der morsche Baum zeugten vom Gegenteil. „Der Wald hat mich gerettet“, sagte sie und lächelte. „Er beschützt mich und ich beschütze ihn.“

Viktor blies lauthals in die Nüstern.

„Du bist ein guter Mensch, Phil“, sagte sie schließlich. „Nicht wie dieser Reiter.“ Ihr zierliches Gesicht wurde ernster. „Er muss aus meinem Wald verschwinden.“

„Du denkst er ist ein Mensch?“, wunderte er sich.

„Ich weiß nicht, was er ist, aber er ist eine Abscheulichkeit.“ Sie streifte dem Schimmel behutsam über den Hals. „Und doch hat er ihn nicht angerührt.“

„Er deutete mir auf das Pferd“, fasste Phil das Gesehene zusammen. „Es ist als drehe sich alles nur um ihn.“

„Dann solltest du ihn reiten“, entgegnete sie.

Er fuhr entsetzt zusammen. „Und wenn es genau das ist, was er von mir erwartet?“

„Wir werden es so nicht herausfinden“, sprach sie. „Ich kann dir nur versichern, in dem Schimmel steckt nichts Böses, das spüre ich.“

„Nein“, beharrte Phil. „Das werde ich nicht.“

Sie widersprach nicht, stattdessen sah er mit an, wie sie sich vor die toten Tiere kniete und mit ihrer Hand über ihre leblosen Leiber glitt. „Wären sie menschlich“, sagte sie dabei. „Würdest auch du für sie beten, das weiß ich." Der Boden leuchtete und unter ihrer Hand verwandelten sich die Leiber in eine kleine Wiesenlandschaft. Ihr Gesang dabei, war mit nichts zu vergleichen. Als sie fertig war und nichts mehr von den toten Tieren oder dem morschen Baum zusehen war, nahm sie seine Hand und zerrte ihn in Richtung des Schimmels, dabei sagte sie: „Dann werde ich es dir zeigen."

Phil stockte, doch sie drückte ihm die Zügel in die Hand und versuchte ein wenig unbeholfen auf den Rücken des Pferdes zu steigen.

Er wollte sie abhalten, aber sie bestand auf seine Hilfe.

Der Dämon und der Engel jubelten. Er meinte sogar Luz lachen zu hören, weil er wusste, wo er sie berührt hatte.

Sie sprach es nicht aus, sondern errötete nur leicht. Dann nahm sie die Zügel zur Hand und ließ Viktor ein wenig umher traben. „Siehst du?", sagte sie. „Es ist ganz einfach."

Es war ein Anblick, den Weya und alle Götter zugleich gemalt haben mussten. Ihr langes Haar wehte im Wind und sie lachte. Ihr weißes Kleid passte genau zur Farbe des Schimmels und auch Viktor hob stolzierend die Beine auf und ab. Voller Eleganz und Anmut kreiste sie um ihn herum. Dann hielt sie an und streckte die Hand aus. „Komm“, forderte sie ihn auf. Es klang nicht auffordernd, sondern mehr wie ein zaghaften Flüstern. „Ich zeige es dir“, fügte sie hinzu. „Danach reiten wir ihm nach. Uns beide kann er nicht aufhalten.“

Zögernd griff er nach ihrer Hand und versuchte schließlich völlig unbeholfen auf den Schimmel zu klettern.

Gabe klatschte Beifall, Luz hingegen hielt sich eine Hand vor den Mund vor lauter lachen.

„Schickt ihn rein“, befahl sie einem ihrer Diener. „Er soll sich für seine Taten rechtfertigen.“

Sie nahm einen Apfel von der Tafel und biss hinein. Er schmeckte säuerlich.

Sie ging zu einem der Spiegel und betrachtete sich lange Zeit darin. Es war nicht ihre Schönheit, die sich darin spiegelte. Warum musste sie nur immer wieder an ihn denken?

Die Tür öffnete sich und einer der Soldaten wurde hineingestoßen.

„Du weißt, weshalb du hier bist?", grüßte sie den Elf.

Den Blick auf den Boden gerichtet antwortete er: „Nein, Herrin."

„Lügner!", rief sie. „Einer der Soldaten hat es mir erzählt." Sie warf den Apfel vor ihn auf den Boden. „Nimm", forderte sie ihn auf.

Erst nachdem sie ihn anbrüllte biss er hinein.

„Wonach schmeckt er?", fragte sie sogleich, musste die Frage jedoch noch einmal wiederholen.

Der Elf schluckte. „Nach Verrat", entgegnete er schließlich.

„Nein." Sie schüttelte energisch den Kopf. „Du solltest mir nicht den Grund nennen, weshalb du hier bist, sondern wonach er für dich schmeckt. Aber ich sage dir wonach er schmeckt. Nach Gerechtigkeit. Wenn die Zentauren uns wieder überfallen hätten, dann könntest du jetzt nicht in diesen Apfel beißen und auch nicht deine Kinder in all die Äpfel, die ich ihnen noch geben werde."

„Tut ihnen nichts, Herrin", flehte er.

Sie zögerte einen Moment ehe sie widersprach: „Ich bin kein Monster…" Sie dachte kurz nach. „Wie ist dein Name?"

„Lolote, Herrin“, sprach er.

„Benannt nach der Lotusblüte, nehme ich an?“

Er nickte schwach.

„Dann verhalte dich auch so!“, herrschte sie an. „Wie viele?“ Auch diese Frage musste sie wiederholen.

„Vielleicht eine Hand voll“, sagte er leise.

„So viele hast du laufen lassen?“, brauste sie auf.

„Es waren nur Frauen und Kinder unter ihnen.“

„Und aus den Kindern werden Krieger, die nach Rache streben werden“, schilderte sie. „Deshalb hast du uns nicht nur verraten, du hast uns einer Gefahr ausgeliefert.“ Dann erklärte sie: „Unsere Gesellschaft mag nicht so groß sein, wie sie einst war. Trotzdem muss sie stärker sein. Elfen, wie du und er…“ Sie zeigte auf den Elfen, der ihn verraten hatte. „Ihr gefährdet diese Stärke.“

Der Elf fuhr erschrocken auf, wollte wissen, was er verbrochen hatte. Doch sie unterbrach ihn.

„Ihr habt sie beide gehen lassen“, sagte sie barsch. „Und deshalb dürft ihr nicht länger bei uns bleiben.“ Sie nahm einen Brief vom Tisch und presste ihr Wappen darauf. Zwei sich überkreuzende Speere. „Es gibt einen Ort, von dem niemand etwas weiß, weil niemand, der ihn betreten hat, ihn jemals wieder verlassen darf.“ Sie drückte Lolote das Schreiben in die Hand. „Mitten im Sumpf von C'Tusk werdet ihr sie finden, überreicht dem Rat dort dieses Schreiben. Sollten sie ablehnen euch bei ihnen aufzunehmen, dann richtet ihnen aus, dass sie einen starken Handelspartner an ihrer Seite brauchen, um inmitten des Morasts nicht langsam zu verhungern. Wir bieten Waffen und Nahrung. Das sollte zumindest die Zwerge unter ihnen zur Vernunft bringen, vielleicht auch den ein oder anderen Elfen unter ihnen.“

„Sie werden euch richten und euch schneller zu ihm bringen“, sprach eine zarte Stimme zu den Elfen.

„Geht“, herrschte sie die Beiden an, dann erst grüßte sie ihre Schwester.

Eine kleine Elfe mit blasser Haut blieb hinter einem der Vorhänge stehen ohne ins Licht zu treten. Mit ihrer schwarzen Kleidung und dem schwarzen Haar verschmolz sie beinahe mit den Schatten im Saal.

„Geht!“, brüllte sie erneut, bis sie sie schließlich allein ließen.

„Hast du wieder geträumt, Schwester?“, fragte sie.

„Träume sind der Versuch des einfachen Verstandes, der grausigen Realität zu entweichen“, sprach die Elfe gelassen. „Ich habe nur mit den Schatten gespielt.“

Sie nahm sie fest in den Arm. „Du sollst doch mich oder eine der Wachen rufen, wenn sie kommen.“

„Das brauche ich nicht“, versicherte das Mädchen. „Sie tun mir nichts. Sie wollen nur bei mir sein, um mit mir zu spielen.“

„Sie wollen dich mir wegnehmen, Schwester“, sagte sie. „Das lasse ich nicht zu.“

Sie wandte sich aus ihren Armen. „Du kannst nicht alles und jeden aufhalten. Selbst den Tod nicht“, sagte die Kleine. „Allgegenwärtig, wartet er nur auf die Sterblichen, um sie zu holen.“

„Und doch werde ich dich immer beschützen“, sagte sie.

Gabe und Luz feierten den Augenblick als gäbe es kein morgen. Keiner von ihnen hatte daran geglaubt, dass der Augenblick kommen würde, an dem der

Gesandte den Schimmel bestieg. Jetzt saß er endlich im Sattel und klammerte sich fest an die Nymphe.

„Siehst du, das ist doch gar nicht so schlimm“, beruhigte sie ihn, ignorierte dabei seine Berührungen. Sie wies ihm an die Zügel zu nehmen und Viktor eine Anweisung zum Traben zu geben.

Gabe wirbelte durch die Luft vor Freude, ergriff den Dämonen und zerrte an ihm.

Luz stieß ihn angewidert von sich. „Spinnst du? Ich tanze nicht mit dir, Gaby. Wenn du eine deiner Orgien abhalten willst, dann such dir jemand anderen.“

Der Engel sah sich erschrocken um.

Erst nachdem sich Luz den Glitzer vom Leib gewischt hatte, sah er es auch.

Die Drei waren plötzlich, ohne einen Laut zu verursachen, verschwunden, so als habe sie der Erdboden verschluckt, doch sie fanden kein Loch, in das sie hätten passen können.

Viktor wurde immer schneller, bald schon war er schneller als der Wind, sogar schneller als das Licht.

Aus dem satten Grün wurde ein himmlisches Blau. Dann ein düsteres Schwarz und schließlich ein gleißendes Weiß.

Er glaubte erst, er halluziniere, würde jeden Augenblick ohnmächtig, doch als das helle Licht in seinen Augen brannte, überzeugte es ihm vom Gegenteil. Selbst Herkyna schrie lauthals auf.

Das Licht verblasste und sie fanden sich inmitten einer Wiese auf, der der Schimmel schnaubend innehielt.

„Was war das?“, fragte er die Nymphe, die mit den Schultern zuckte.

„Abgeworfen hat er dich nicht“, fügte sie nüchtern hinzu.

Phil stieg mit schlotternden Knien vom Schimmel und sah sich um. Hinter ihm hörte er Herkyna ins Gras fallen. Er hob sie auf und entschuldigte sich bei ihr.

„Es war meine Schuld“, sagte sie und stand auf.

Die Aussicht war atemberaubend. Direkt an das satte Grün grenzte das Blau des Himmels. Überall sprießen bunte Blumen und ein paar Kaninchen hoppelten hin und her.

Sie streifte über das Gras und schloss dabei die Augen. „Das muss der Garten Tartaros sein“, sagte sie nach einer Weile. „Ich war in meiner Kindheit oft hier.“

Phil schrak zusammen. Der Garten der Götter? Viktor hatte sie ins Reich der Götter geführt? Das konnte unmöglich sein.

Der Schimmel blies triumphierend die Nüstern, wie ein Leistungssportler, der nach einer erbrachten Leistung posierte.

Sie sahen sich um.

Ein großer Baum stand frei inmitten der endlosen Landschaft. Seine Äste waren derart voller Äpfel, dass sie beinahe bis auf den Boden ragten. Ein dürrer Mann griff nach ihnen, doch ehe er einen der Äpfel erreichte, schnellte der Ast nach oben und kehrte dann wieder in seinen ursprünglichen Zustand zurück. „Ich habe solch einen Hunger“, jammerte der Mann.

Phil hatte Mitleid mit ihm, pflügte einen der Äpfel vom Baum und reichte ihm den Apfel. Nach ehe der Mann zugreifen konnte, zerfiel der Apfel in seiner Hand zu Staub.

Der dürre Mann weinte und reckte sich weiter nach den Äpfel im Baum.

„Das darfst du nicht“, tadelte ihn die Nymphe. „Die Götter haben ihn gestraft für seine Taten. Nur sie dürfen ihn erlösen.“

Am Stamm des Baumes waren zwei Knaben gefesselt, sie schrien um Hilfe, als die Schlangen sich in ihre Glieder bissen.

Phil versuchte sich ihnen zu nähern, doch die Schlangen wehrten ihn ab.

„Auch ihnen nicht, Phil“, erklärte Herkyna. „So schwer es auch für dich sein mag. Im Tartaros gilt einzig das Wort der Götter. Diese Beiden hatten versucht diesen Ort zu erreichen, wer weiß weswegen. Nun sind sie auf ewig an ihn gebunden. Wir können ihnen nicht helfen. Wir sollten lieber herausfinden, weshalb wir hier sind.“

Er versuchte noch einmal nach dem Seil zu greifen, doch die Nymphe hielt ihn davon ab. „Sieh in den Himmel“, sprach sie. „Inmitten der Sonne brennt Ixion, Urvater der Zentauren, sich ewig um die eigene Achse drehend. Von den Zentauren verehrt, doch von den Göttern verachtet, weil er die

Gastfreundschaft der Götter missbrauchte. Willst du so enden wie er?"

Phil sah sich um. Der auf den ersten Blick so idyllische Ort, war voller Grausamkeiten für ihn.

In der Ferne sah er zwei Geier, die um etwas herum kreisten. Immer wieder schnellte einer von ihnen herab, griff etwas und stieg wieder in den Himmel auf.

„Alles Lebende kann hier auf ewig gebunden bleiben, wenn sie es wollen. Selbst der Riese dort."

Jetzt erst sah er, dass die Geier von einem Riesen, den er für einen Felsen hielt, zehrten.

„Wir dürfen uns hier nicht ausruhen", warnte sie ihn. „Wir müssen weiter und den Grund für unser Dasein herausfinden."

Sie trafen auf einen Mann, der irritiert von links nach rechts lief und dabei den Blick nicht von der Sonne am Himmel ließ.

„Er müsst hier weg", warnte er sie. „Er stürzt herab, seht ihr?" Der Mann bückte sich erschrocken, als nichts geschah, baute er sich wieder auf, blickte erneut nach oben und sprang plötzlich zur Seite.

„Ich sehe nichts", beruhigte ihn Phil.

„Doch“, beharrte der Mann. „Er wird herabfallen und alles darunter zerschmettern.“

Er sah den Irrsinn in seinen Augen leuchten. Doch Herkyna schüttelte den Kopf.

Sie trafen an einem Fluss auf eine Gruppe leicht bekleideter Frauen, die ihre Krüge füllten und einen Berg hinaufstiegen.

„Sie kommen wieder“, grüßte sie ein Mann, der vor einem Esel saß. „Genau wie der Felsbrocken, der gleich herunterrollen wird.“ Er war dabei etwas zu flechten, das von dem Esel vor ihm verspeist wurde. „Du solltest etwas tun“, sagte er zu Phil. „Verjage den Esel oder folge dem Schicksal. Ich kann es nicht mehr.“ Er seufzte. „Nichts zu tun, ist nichts Schlechtes, doch auch nichts Gutes. Nichts zu tun, kann das Schicksal nicht aufhalten und es kann es auch nicht herbeiführen. Das Schicksal kann verrückt sein. Aber vor allem wird es wütend, wenn es nicht eintrifft.“ Der Mann lachte und ging derweil seiner Arbeit nach. „Wenn du versuchst es aufzuhalten, kann es sein, dass du genau das Gegenteil bewirkst. Oder es ist umgekehrt. Doch egal was man tut, es resultiert in dem Schicksal, welches das eigentliche Schicksal ist.“

Ein Felsbrocken landete in dem seichten Gewässer.

„Siehst du", lächelte er. „Da ist der Felsen. Gleich wird er ihn wieder auf den Berg rollen. Er braucht nur die Spitze mit ihm zu erreichen, aber es ist, als wolle das Schicksal es ihm nicht erlauben. Es will jedoch auch nicht, dass er nicht schafft. Deshalb muss er ihn immer wieder hinaufrollen."

„Das ist nicht das Werk des Schicksals", erläuterte Herkyna. „Es ist das Werk der Götter."

Er sah sie fragend an. „Und wo ist der Unterschied? Selbst Götter können dem Schicksal nicht entrinnen." Er versuchte ein Stück dem Esel aus dem Maul zu zerren. „Tust du nichts, bestrafen sie dich und wer sagt, dass das nicht auch Teil des Schicksals ist?"

Phil versuchte den Esel wegzustoßen, doch das Maultier bewegte sich nicht. Es war wie angewurzelt.

„Wenn du es nicht schaffst", sprach der Mann. „Dann sollst du es auch nicht schaffen." Er lächelte schwach. „Dennoch danke ich dir für deine Bemühungen."

Ein kräftiger Mann watete durch das Wasser, grüßte die Frauen, die mit leeren Krügen an das Ufer zurückkamen, indem er mit seinen Muskeln spielte und rollte dann den Felsen aus dem Wasser in Richtung des Berges.

„Wir sollten sie suchen“, schlug Herkyna vor.

„Sie?“, fragte Phil.

„Die Moiren“, erklärte die Nymphe. „Sie werden wissen, warum Viktor uns hierher gebracht hat.“

Gabe und Luz spielten bereits eine ganze Weile Schach, um der gähnenden Langeweile zu entrinnen. Das Spielfeld war bereits recht unausgeglichen, nicht weil der Dämon besser darin war, sondern weil es ihm immer wieder gelang, gelegentlich eine der weißen Figuren unbemerkt verschwinden zu lassen.

„Denkst du, es hat funktioniert?“, fragte ihn der Engel abwesend.

„Natürlich“, lachte der Dämon und fügte dann strahlend ein „Schach“ hinzu.

Der Engel setzte einen Springer zwischen König und Dame. „Ich rede von dem Schimmel“, fügte er sicherheitshalber hinzu. Bei einem Dämon musste man immer auf Nummer sicher gehen, nicht an ihm vorbei zu reden. Sie stellten sich nur zu gerne dumm.

„Ich weiß“, sagte Luz. „Es ist Schicksal, das kann man nicht abwenden.“ Er ließ den Springer verschwinden. „Wir müssen nur Geduld haben. Wichtig ist das, was danach getan wird!“

Gabe erhob den Finger gegen ihn. „Das ist ziemlich offensichtlich, oder?“

„Du meinst, dass ich gewinne?“, lachte Luz.

„Nein“, widersprach der Engel. „Ich meine, die Sache mit dem Springer. Setz ihn wieder hin.“

Der Dämon seufzte wie ein Kind, dem jemand den Spaß verdorben hatte. Er stellte den Springer zurück, setzte einen der Bauern vor und nahm die Dame.

„Sie ist vielleicht erst einmal nicht wichtig“, sagte Gabe. „Aber setz trotzdem die Dame wieder hin. Vielleicht brauche ich sie noch.“

Sie erreichten eine Höhle, vor der sie drei alte Männer trafen, die auf einem Felsen saßen und sich in der Sonne wärmten.

„Also, ich weiß es nicht“, sagte der Erste von ihnen. Er schien Blind zu sein.

„Ich weiß es auch nicht“, sprach der Zweite. Sein grauer Bart war derart dicht, dass er die Worte beinahe verschluckte und man ihn nur sehr schwer verstehen konnte. „Weißt du das nicht?“, fügte er hinzu.

„Nein“, entgegnete der Dritte, der sich eine Muschel ans Ohr hielt. „Ich weiß es auch nicht, weißt du das nicht?“, wandte er sich an den Ersten.

„Nein“, antwortete der Erste. „Ich weiß es auch nicht.“ Er fragte den Zweiten.

Doch der Zweite wusste es auch nicht und wendete sich an den Dritten.

Es wiederholte sich einige Male bis Phil sie unterbrach. „Sind wir hier wirklich im Tartaros?“, fragte er den Blinden.

„Ich weiß es nicht“, sagte der Erste und fragte den Zweiten.

Der Bartträger wusste es ebenfalls nicht und fragte der Dritten.

„Nein“, antwortete der Taube. „Ich weiß es auch nicht. Weißt du das nicht?“, fragte er den Blinden.

Wieder wiederholte es sich.

Schließlich wendete er sich verzweifelt an Herkyna. „Sind sie ebenfalls für etwas bestraft worden?“

Die Nymphe schüttelte den Kopf. „Es ist keine Strafe, nur ihr Alter.“

„Wir werden älter“, sagte der Blinde.

„Doch wir sterben nicht“, fügte der Zweite hinzu.

„Unsere Frauen auch nicht. Aber sie werden wenigstens nicht älter“, lachte er. Die anderen beiden mussten ebenso lachen.

Dann sagte der Erste: „Aber, ich weiß nicht warum, weißt du das nicht?“

„Wir suchen die Moiren“, versuchte Phil es erneut und unterbrach sie, ehe es nicht wieder zu stoppen war.

„Ja, das sind sie“, sagte der Blinde.

„Wo sind sie?“, fragte Herkyna.

„Drinnen“, sprach der Bartträger. „Sie sind sicher am Spinnen und wenn sie fertig sind, werden sie etwas kochen, aber sicher weiß es das nicht. Weißt du es nicht?“

Der Taube schüttelte den Kopf. Noch ehe er den Blinden fragen konnte, wunderte sich Phil: „Sie kochen für euch?“

„Jeden Tag", versicherte der Zweite. „Aber ich weiß nicht was, weißt du das nicht?"

Wieder schüttelte der Dritte den Kopf und fragte den Ersten. Doch dieser wusste es auch nicht und fragte den Zweiten.

„Wir sollten reingehen", schlug die Nymphe vor.

„Das weiß ich nicht", sprach der Blinde. „Weißt du das nicht?"

„Nein", antwortete der Zweite. „Ich weiß es auch nicht. Weißt du das nicht?"

Sie beschlossen die Drei in den warmen Sonnenstrahlen zurückzulassen.

Irgendwie erschienen sie ihm hilflos, doch auch ein wenig sorglos. Vielleicht waren die Moiren wirklich gute Ehefrauen.

Ein schriller Gesang hallte durch die düstere Höhle, die sie immer weiter ins Innere der Erde herabführte. Bald schon sahen sie ein Licht, das von Fackeln und Feuerstätten ausging, um die sich drei Frauen drängten.

„Das sind sie", wies ihn Herkyna zurecht.

Der Gesang ging von einer der Moiren aus, die an einer Spindel saß. Die Spule schnurrte und verdrehte bunte Fäden, in denen sich das Schicksal wandte. „Hoch zu Ross sie traben“, sang sie. „Zu richten und zu tadeln. Jene, die sie wollen, Jene, die sie müssen, doch jeder wird für seine Taten büßen. Der Tag wird kommen schon bald, wo niemand mehr ward alt.“ Das Rad drehte sich unaufhaltsam, ließ den Faden immer länger werden. Quer durch den Saal lag er gewunden und verdreht. Überall glänzte und funkelte das Schicksal von Raum, Zeit und Leben darin.

An einer goldenen Urne stand Lachesis und zog eines der Lose heraus. „Ein neuer König, ward geboren“, sprach sie und hielt triumphierend das Los gegen das Licht. „Nachfolger des König Agaran, der Blutrünstige. Er wird sein Reich unter seinem Banner fortführen. Das Los hat gesprochen.“

Atropos schrieb es mit einer großen schwarzen Feder in ihrer Schriftrolle nieder.

Klotho sah sie als erstes von ihnen und stoppte ihren Gesang. „Sie sind hier“, sagte sie schließlich, als habe man sie erwartet.

Lachesis, auch die Zuteilerin genannt, begrüßte sie. „Den Schimmel haben sie auch dabei. Dann bist du also Phil.“

Atropos lachte. „Wir dachten du wärst größer und kräftiger."

„Er muss nicht allzu kräftig sein", wandte Klotho ein.

„Nur der Richtige", beendete Lachesis den Satz.

Atropos, die Unabwendbare, sprach amüsiert zu ihm: „Und er ist ein Sturkopf. Es war nicht einfach, dich auf den Schimmel zu setzen."

„Dann wolltet ihr, dass ich hierher komme?"

„Nein", lehnte Lachesis ab. „Nicht wir."

„Der Faden", sagte Klotho, die Spinnerin des Schicksals.

„Wir wissen, du bist der Gesandte, Weyas", sagte die Zuteilerin. „In ihrem Namen bist du hier. Doch der eigentliche Grund ist das Schicksal, nicht ein einzelner Name."

„Er ist im Namen aller hier", wendete Atropos, die Unabwendbare, ein. „Nicht nur die Göttin des Lichts muss sich dem Schicksal beugen. Selbst wenn es ihr oder den anderen nicht Recht sein mag, so ist es doch der Wille, der Wille Aller."

„Warum bin ich hier?", fragte Phil.

„Um zu reiten", sagte Klotho.

„Doch nicht allein", fuhr Lachesis fort.

„Mit den Anderen zusammen“, vollendete Atropos. „Deine erste Pflicht ist, sie zu befreien.“ Sie deutete auf einen Gang hinter ihr.

„Wen soll ich befreien?“, fragte Phil nach.

„Die Reiter“, entgegnete Lachesis. „Sie sind deine Gefährten in der Nacht ohne Morgengrauen.“

Er zuckte wie vom Blitz getroffen zusammen. „Das Ende der Zeit?!“, entfuhr es ihm. „Das kann unmöglich sein.“

„Es ist möglich“, versicherte Klotho. „Es steckt im Faden.“

„Das werde ich nicht tun“, widersprach Phil. „Niemals, werde ich das Ende von Allem einleiten.“

„Die Apokalypse ist unausweichlich“, sagte Atropos. „Sie muss stattfinden, um die Welt zu bereinigen.“

„Niemals“, protestierte er.

„Das Schicksal kennt keinen Widerspruch.“

„Wenn der Faden sich irrt“, erklärte Klotho. „Dann wärst du nicht hier.“

„Das ist unmöglich Weyas Wille“, begehrte er auf. „Sie liebt das Leben und all das, worauf ihr Licht fällt.“

„Deswegen wird alles Sterbliche gerichtet", erklärte Lachesis. „Die, die es verdient haben aufzusteigen, werden aufsteigen, die, die es in den Tartaros verschlägt, werden hier eintreffen und die, die stürzen sollen, werden in die Tiefe fallen."

„Es ist wegen der Elfe", lenkte Klotho ein. „Er will sie retten."

„Es sind immer die Frauen", lachte Atropos. „Wie viele Männer und Götter standen bereits den Tränen nahe vor uns und baten uns, ihre ach so geliebten Frauen zu verschonen?"

„Aber so funktioniert es nicht", sprach Lachesis. „Selbst wir können weder Feder, Los noch Faden ändern. Auch nicht betrügen. Du kannst den Tartaros nicht einmal verlassen, solange du deinem Schicksal nicht nachkommst. Das ist nicht bloß ein Gesetz, es ist so, wie es ist."

Phil hielt sich den Kopf fest und versuchte verzweifelt nachzudenken. Herkyna drückte ihn an sich, hoffte ihn so ein wenig zu beruhigen.

Schließlich baute er sich auf und sprach: „Wenn es der Wille der Götter ist, dann muss ich sie sprechen."

Die Moiren sahen einander fragend an. Durfte er das? Andererseits war bereits in den Tartaros gereist und von hier war jede Gottheit in nur wenigen Schritten zu erreichen.

„Es würde nichts ändern“, sagte Klotho schließlich.

„Lassen wir ihn mit seiner Göttin sprechen, sie wird es ihm erklären“, schlug Lachesis vor. „Soll sie ihm erklären, warum er Derjenige ist.“

„Du findest sie hinter einer der Türen“, sprach Atropos. „Sie ist verziert mit dem Symbol des Weizen.“

Er zögerte einen Augenblick, wandte sich dann jedoch dem Gang mit den vielen Türen zu. „Ihr werdet es sehen“, verabschiedete er sich von den Moiren. „Das Schicksal kann gewendet werden.“

Unzählige Türen passierten sie. Auf einigen von ihnen waren Symbole angebracht worden. Er sah Wellen und das Meer, wo er Nutpen vermutete, Stürme und Blitze, einen Speer, einen goldenen Hammer, wo er Pfosten, den Herrn der Zwerge in seiner ewigen Schmiede vermutete und eine Ente. Dyck, Gott derer, die gerne einen Entenkopf hätten. Sie alle existierten wirklich und lagen zum Greifen nahe direkt vor ihm. Es war unvorstellbar, dass er in wenigen Augenblicken direkt vor Weya stehen und ihre Worte hören würde.

Beinahe am Ende des Ganges erreichten sie schließlich die Tür mit dem Weizensymbol.

Ehrfürchtig hielt einen Moment lang inne, dann drückte er den Knauf herab.

Gleißendes Licht zog die Drei direkt ins Innere.

„Du hast die Symbole vertauscht“, wunderte sich Klotho und begann weiter zu spinnen.

Atropos öffnete ihre Schriftrolle, schrieb das Geschehene nieder und lachte so laut, dass es in der gesamten Höhle zu hören war.

Draußen vor dem Eingang schraken die Männer zusammen.

Der Taube von ihnen fragte: „Haben sie schon zu Tisch gerufen?“

„Ich weiß es nicht“, sagte der Blinde und wendete sich an den Bärtigen.

Sie fanden sich inmitten des Waldes wieder, dort wo sie auf den Rücken des Schimmels gestiegen waren.

Der Engel und der Dämon sahen in den Nachthimmel auf.

„Sieh nur“, freute sich Gabe. „Eine Sternschnuppe. Jetzt kannst du dir etwas wünschen.“

Luz kniff die Augen zusammen und ballte zwei Fäuste, um seinem Wunsch mehr Ausdruck zu verleihen. „Ich wünsche“, sagte er, dann bemerkte er das Wiehern hinter sich und drehte sich rasch um. „Feurige Asche! Das ging aber schnell!“

Noch ehe sie richtig begreifen konnten, wo sie waren, nahm er Phils Hand und sagte: „Jetzt musst du noch das hier üben.“ Er nahm dabei seinen Daumen, streckte ihn vor und drehte ihn nach unten.

Sofort begehrte der Engel auf: „Hey, das ist Schummeln!“

„So ein Quatsch“, winkte der Dämon ab. „In der Apokalypse gibt es kein Schummeln, wichtig ist nur welche Seite gewinnt.“

„Das ist kein Spiel“, sprach der Engel energisch.

Die Nymphe verstand es plötzlich, als sie ihn mit dem Daumen vor sich sah. „Jetzt weiß ich, wozu sie dich und den Schimmel brauchen“, raunte sie. „Du sollst der Richter des jüngsten Gerichts sein.“

„Was?“, entfuhr es Phil. „Niemals! Ich habe sie nicht befreit und ich werde auch niemanden richten!“

Neben ihnen brach ein Riss aus Raum und Zeit hervor. In dem Riss zeigte sich ein Leuchten. Dann hörten sie Hufschläge aus dem Riss, die sich ihnen zu nähern schienen. Und aus dem Riss sprang einer der Reiter. Sein Pferd war Blutrot und in den Augen brannte das Feuer der Unterwelt. Auf ihm saß ein Kräftiger Reiter in Rubinroter Rüstung mit einem mächtigen Schwert. „Lauft, lauft. Ich bin der Krieg“, sprach er.

„Verschwinde“, rief Phil ihm entgegen. Doch ein weiterer Reiter näherte sich.

Ein Pferd, schwarz wie Nacht, galoppierte aus dem Riss. Es war dürr und die Augen fielen fast ganz zurück in die Augenhöhlen. Auf ihm saß ein Reiter, mager und blass. In den Händen hielt er eine Waage. „Weizen und Gerste soll verdorren. Was zu essen übrig bleibt, soll derart überteuert werden, dass eine Hungersnot alles Sterbliche, das nicht im Krieg fällt, dahinraffen wird“, sprach er.

Auch ihm rief Phil: „Verschwinde!“

Noch einmal näherten sich Hufschläge und der Letzte der Reiter sprang aus dem Riss, ehe er sich schließen konnte. Das Pferd war aschfahl und sein Blick starr. Auf ihm saß ein Reiter in schwarzem

Mantel, in der Hand eine Sense, das Gesicht unter einer Kapuze verborgen. „Aus dem Schatten komme ich und in den Schatten wandle ich. Nichts kann sich mir entziehen. Der Tod ist allgegenwärtig und unumstößlich. Selbst die Könige und Götter neigen sich vor mir."

„Bei Weya, verschwindet", schrie Phil den Dreien entgegen.

Gabe fasste sich an die Wangen. „Sie sind wunderschön", sagte er.

„Und sie sind unabhängig", fügte der Dämon scharf hinzu. „Also hör auf sie zu bezirzen."

Der Engel wollte gegen den Vorwurf protestieren, da ergriff der Tod erneut das Wort. „Von nun an heißt du der Sieger."

„Niemals", widersprach Phil.

„Deine Aufgabe ist es mit uns zu reiten", erklärte der Hunger.

„Du reitest uns voraus, auf das wir siegen und richtest über die Seelen der Verstorbenen", sprach der Krieg.

„Bis nichts mehr existiert, das sterben kann", vollendete der Tod den Satz.

Phil ballte eine Faust. „Bei Weya, ich werde euch dahin zurückschicken, woher ihr gekommen seid."

Die Reiter lachten.

„Das ist nicht deine Aufgabe", wandte der Tod ein.

„Es wird Zeit", sagte der Krieg. „Er wird uns schon folgen."

„Wohin reiten wir?", fragte der Hunger.

„Es ist nicht wichtig, wohin wir reiten", erklärte der Tod. „Es ist nur wichtig, was wir dort tun, wo wir hin reiten."

„Ich spüre einen weiteren Verbündeten in der Welt der Sterblichen", sagte der Hunger sogleich. „Wir sollten ihn in unseren Reihen aufnehmen."

Sie zerrten an den Zügeln, bis sich die Pferde wiehernd aufbäumten und ritten über den Himmel der Nacht, hinaus in die Weiten der Welt.

Phil sackte verzweifelt in sich zusammen. „Sie haben mich reingelegt", stammelte er, sich auf dem Boden hockend.

Herkyna legte mitfühlend die Hand auf seine Schulter und schwieg.

II

„Wenn er fällt, …“

Während die drei apokalyptischen Reiter begonnen hatten, das Ende der Welt einzuleiten und auf der Suche nach einem weiteren Verbündeten waren, wütete eben dieser Verbündete bereits über große Teile von Tagalan. Überall breitete sich die Pest aus, auf dem Land und in den Städten. Wer erkrankte , dem drohte nicht nur ein schmerzhafter Tod, sondern er steckte möglicherweise auch noch andere an. Deshalb wurden Erkrankte oftmals ausgestoßen und mussten mit oder ohne Familie die Hauptstädte verlassen. Die wenigen Heiler kamen dem riesigen Andrang nicht nach und so sahen sich die verzweifelten Herrscher nicht anders in der Lage dieser ungewohnt großen Plage Herr zu werden.

Ein Land, das besonders von diesem Laster ergriffen wurde, war C'Tusk.

Bereits bevor der lange Arm der schwarzen Seuche um sich griff, war es in den verschiedenen Völkern nicht unüblich Aussätzige, Verbrecher und

Kranke in den leblosen Morast von C'Tusk zu entsenden, um dort, fernab von allen Blicken, Aufmerksamkeit und Mitleid, ihr einsames Ende zu finden. Niemand, der dort einkehrte, wurde je wieder gesehen.

Was jedoch niemand wusste, der Sumpf war nicht so trist, wie die Meisten dachten, denn der Sumpf lebte. Er lebte sein eigenes Leben im Schatten der Stechmücken und Berge.

Um ihr Überleben zu sichern, schlossen sich in C'Tusk Menschen, Elfen und Zwerge zu einer Gemeinschaft zusammen, die im Laufe der Zeit eine siebenköpfige Herrschaftsform angenommen hatte, um die Einwohner C'Tusks mit schnellen und gerechten Entscheidungen, nicht etwa vorschnell und undurchdacht, wie es in den Ländern geschah aus denen sie vertrieben worden waren, treffen zu können. Diese Form des Senats nannte sich der Rat der Sieben. Der Rat der Sieben entschied in C'Tusk über Leben und Tod. Eine der grundlegendsten Gesetze war der Beitrag für die Gesellschaft im Sumpf, sie nannten sie auch die Gemeinschaft der Diesseitigen. Wer keinen Nutzen brachte, der durfte sich nicht der Reihe der Diesseitigen anschließen und wurde stattdessen hingerichtet. Aus ihrem Sinn für Gerechtigkeit, den sie durch ihren Verstoß glaubten entwickelt zu haben, berücksichtigten sie dabei Frauen und Kinder, aber auch Kranke. Kranke wurden nicht verstoßen, vielmehr entschied man über ihren Verbleib noch einmal, sobald sie genesen waren, denn erst dann zeigte sich ihr Nutzen für die Diesseitigen. Die Wichtigste aller Regeln war jedoch, dass niemand, der den Sumpf je betreten hatte, ihn leben wieder verlassen durfte. Das bedeutete, dass, wenn es der Rat ablehnte den Eindringling in ihr Reich aufzunehmen, dieser hingerichtet werden musste. Das Ziel war es, dass niemand außerhalb von C'Tusk von ihrer Gemeinschaft erfahren sollte. Egal welchem Volk oder welchem Reich sie angehörten, wer keiner der Diesseitigen war, war ein Jenseitiger und Jenseitige bedrohten mit ihrem Denken und Handeln die Gemeinschaft der Diesseitigen.

Der schwarze Tod hatte die Diesseitigen hart getroffen. Nicht nur, weil immer mehr Jenseitige bei ihnen eintrafen und die Zahl der Infizierten und Sterbenden rasend anstieg, sondern auch, weil es die Ersten, so nannten sich die Letzten aus der ersten

Generation des Rats der Sieben, das Leben gekostet hatte. Teglas, ein junger Elf und seine Gattin, Athele, waren zwei der neuen Sieben im Rat. Sie hatten sich in der Vergangenheit durch das Einhalten und Durchsetzen der Gesetze des Sumpfes bewehrt und schließlich vom Ableben der Ersten profitiert.

Die aktuelle Lage des Landes machte ihren Einstieg jedoch nicht gerade einfach.

Das einsetzbare Pflegepersonal wurde immer weniger, da auch sie sich mit der Seuche ansteckten oder verstarben, gleichzeitig war ihre Zahl jedoch derart schnell angestiegen, dass der karge Morast nicht mehr genügend Nahrung bereitstellte, um der hohen Nachfrage nachkommen zu können. Die Diesseitigen standen kurz vor einer Hungersnot.

Er räusperte sich, während er das Schreiben der Herrscherin über die Erfs las, dann gab er ihn dem Zwerg neben sich und nickte Athele schwach zu.

Lolote und sein Kamerad knieten vor dem Rat der Sieben und warteten nervös auf deren Beschluss.

„Du wurdest also verstoßen, weil du das Leben unschuldiger Zentauren verschont hast?“, fasste der Elf zusammen.

„Das ist kein Verbrechen“, ergänzte Athele.

„Der Verrat eines Kameraden hingegen schon", sprach der Dritte.

„Es war ein Befehl, den er nicht ausführte", gab der Zwerg von sich. „Gerecht oder nicht."

„Würde er unseren Rat befolgen, wenn er so leichtsinnig Befehle missachtet?", sorgte sich der Sechste.

„Das Wissen wir nur, wenn wir ihm die Chance dazu geben. Immerhin sind unsere Entscheidungen gerecht", wandte der Siebte ein.

„Wir sollten Abstimmen", schlug der Fünfte vor.

„Was ist mit dem Handel?", hakte der Zwerg nach. Seine Rüstung funkelte unter seinem Strahlen, als er an Gold und Waffen dachte. Die feinsten Äxte aus Elfenbein, die er je in Händen hielt, funkelten vor seinem inneren Auge.

„Wie kann sie von uns wissen?", wunderte sich der Sechste ohne dabei auf das Verlangen des Zwerges einzugehen. „Niemand weiß von uns."

„Ich kenne sie und ihr Wort", sprach Teglas. „Sie wird es halten."

Athele nickte. „Wir brauchen die Lebensmittel, sonst werden wir verhungern."

„Mit den Waffen können wir uns gegen die Jenseitigen verteidigen“, erklärte der Zwerg stolz.

„Dann hast du ihr von den Diesseitigen erzählt“, begehrte der Vierte auf.

„Ich kenne sie lediglich aus meinem früheren Leben bei den Erfs.“

„Nein“, widersprach der Vierte. „Du hast sie gehen lassen.

„Das hat er nicht“, wehrte Athele den Vorwurf ab.

„Wir stimmen ab“, beharrte der Fünfte.

Lolote blickte gespannt auf ihre Hände und versuchte ihren Streit und ihr Getuschel zu verfolgen.

Er erhielt fünf der sieben Stimmen, sein Kamerad hingegen nur zwei. Die Frage nach dem Bündnis wurde mit knappen vier Stimmen beantwortet.

Dann sprach der Elf zu den Beiden. „Wir haben entschieden“, sprach Teglas. „Die Zentauren sind ausgezeichnete Jäger, niemand beherrschten den Bogen wie sie, doch mit ihren Hufen bewegen sie sich nur schwerfällig im Sumpf ohne dass sie darin zu versinken drohen.“ Er sah Lolote bei den Worten an. „Wir hatten entschieden sie dennoch aufzunehmen, nachdem die ersten von ihnen nach eurem Überfall bei uns eintrafen. Auch die, die du verschontest, sind vermutlich bereits unter ihnen. Es ist nicht zuletzt deswegen nur allzu gerecht, dich für diese Tat bei uns zu empfangen, du wirst sie beim Jagen begleiten und sie retten, wenn sie im Morast festsitzen." Dann wandte er sich an den andren Elfen. „Du bist ein Elf wie ich es bin, doch du hast einen deiner Brüder verraten. Wir können dir nicht trauen und verurteilen dich daher zum Tode." An die Allgemeinheit der Anwesenden, doch mit festem Blick auf seine Geliebte, sprach er: „Um die Diesseitigen beschützen zu können, gehen wir das Bündnis mit den Erfs ein. Zum ersten Mal in der Geschichte der Diesseitigen soll ein Bote mit einem entsprechenden Schreiben den Sumpf verlassen und der Herrscherin über die Erfs die Botschaft überbringen. Im Gegenzug soll er mit einem Karren voller Fleisch und anderen Lebensmitteln zurückkehren." Er schlug mit einem Hammer auf das Pult. „Die Sitzung des Rat ist hiermit geschlossen."

Lolote sah entsetzt mit an, wie einige der Wachen seinen Kameraden ergriffen und abführten. Er fragte sich, ob sie all das vorhergesehen hatte. Und was erhoffte die Herrin sich aus dem Bündnis, wo sie die

Zentauren so grauenvoll hat hinrichten lassen? Wollte sie ihre Seele mit der Unterstützung der Diesseitigen wieder ins reine bringen oder steckte ein noch größerer Plan dahinter?

Die Lunge brannte und das Atmen fiel ihr schwer. Der Husten schmerzte und sie warf dabei schwarz aus.

Sie wusste, sie würde es nicht schaffen.

Es war schwierig die Augen offen zu halten, während die Kälte bereits an ihr zerrte. Eine eisige Kälte, wie sie sie noch nie in ihrem langen Leben erlebt hatte.

Sie senkte das Tuch vor ihrem Mund. Es war voller Blut.

Sie blickte auf die Schüssel mit Suppe neben ihrem Bett, welche ihr Mann ihr zubereitet hatte und dachte an ihn, wenn sie ihn allein zurückließ. Das hatte er in all den Jahren, in denen er sie so sehr geliebt hatte, nicht verdient.

Sie wusste, er hätte ihr nur zu gerne einen Arzt besorgt, doch es mangelte ihnen am Geld. Und selbst das warf er sich vor.

Sie lebten in einem kleinen Dorf in der Nähe des Waldes. Sie aßen, was sie ernteten und der Steuereintreiber ihnen übrig ließ. Es reichte, aber mehr auch nicht.

Immer wollte sie Kinder haben, bis sie irgendwann zu alt war. Es gab weder genug noch gab es die Zeit in ihrem Leben diesem Wunsch nachzukommen.

Er liebte sie. Doch sie wusste nicht, wie er nach ihrem Tod weitermachen würde.

Sie hoffte, die Nachbarn nahmen sich ihm an. Natürlich nur, wenn er sich nicht bei ihr ansteckte.

Die leichte Brise, die in ihr Gemach eindrang und die Vorhänge bewegte, bemerkte sie nicht.

Plötzlich sprach sie jemand mit einer tiefen und leeren Stimme an, fragte nach ihrem Namen.

„Wer ist da?", erkundigte sie sich.

„Dein letzter Gast", sprach die Gestalt vor ihr. Er betrachtete sie innig, ehe er sagte: „Der Tod."

„Dann bin ich bereits tot?", wunderte sie sich.

Der Tod nickte.

„Dann ist es war, dass du die Seelen der Sterbenden abholst."

„Du bist die Erste", sprach er unbetont ruhig. „Die Erste, seit der menschliche Teil von mir befreit wurde. Denn Unmenschlich bin ich nicht, ich tue nur das, was getan werden muss. So wie jetzt. Ich finde ich es persönlicher… Doch da, … da war ich immer und da sein werde ich auch immer."

Sie sah ihn an, dann sagte sie: „Dann bist du nicht der Reiter aus dem Wald?"

„Nein", lehnte er ab. „Es mag unpassend sein, aber sein Werk ist makellos. Ich werde ihn finden, damit er sich den Reitern anschließen kann."

„Den Reiter?", entfuhr es ihr. „Dann geht die Welt zu Ende?"

Der Tod nickte. „Doch für dich hat sie bereits heute geendet." Er schnitt mit der Sense durch die Luft über ihr, trennte das Band zwischen Leib und Seele und reichte ihrem Geist eine knöcherne Hand. „Komm", sprach er dabei. „Es ist Zeit."

Sie erhob sich und begann zu schweben.

„Wohin?", fragte sie.

Tod aber schüttelte den Kopf und sprach: „Das ist nicht meine Entscheidung."

„Kannst du dich um meinen Mann sorgen, wenn ich fort bin?", sorgte sie sich.

Wieder schüttelte er den Kopf. „Auch das kann ich nicht. Ich bin sehr beschäftigt in diesen Tag. Allerdings kann ich dir versichern, auch ihn eines Tages abzuholen."

Dann löste sich ihre Seele auf und entglitt, fernab von Raum und Zeit.

Tod schwang sich wieder in den Sattel und ritt los. Er musste ihn finden und er wusste, er war ihm dicht auf den Fersen.

Das Königreich Utai grenzte an das Gebiet der Erfs und an das Königreich Bandor unter der Führung von König Beduin. Beide Königreiche gehörte den Menschen und wie es in der Natur der Menschen war, führten die beiden Königreiche Krieg und Frieden. Unter der Herrschaft von König Agaran blühte das Königreich Utai zur Höchstform auf. Doch der Preis dafür war hoch gewesen. Agaran suchte als Dämonenritter große Teile Tagalans heim, um Furcht, Schmerz und Terror zu säen. Er zerschlug Städte und Dörfer, um sie dann unter der Flagge Utais zu erobern und seinem expandierendem Reich hinzuzufügen. Das Vorgehen war ebenso effizient wie grausam. Niemand verdächtigte den Herrscher, der vorgab das Land zu vereinen, um es mit seinem Heer gegen Dämonen und Flüche aller Art verteidigen zu können. Der König wurde bejubelt, der Dämonenritter gefürchtet. Dann eines Tages gelang es einer Elfe den Dämonenritter zu stellen, ihn zu enthaupten und zu entblößen. Nicht nur Utai war daher von seiner blutigen Wahrheit geschockt, sondern ganz Tagalan. Es war nicht verwunderlich, dass die von Agaran eroberten Teile an ihren ursprünglichen Besitzer zurückfielen und das Königreich Utai für lange Zeit in einer Form von Trance steckte, die Reich und Wirtschaft lähmte. Das Vertrauen in die Obrigkeit war verloren und kein König sollte angesehen werden. Jetzt aber war das Königreich bereit einen neuen Herrscher zu akzeptieren. Nicht zuletzt aufgrund der unübersehbaren Unschuld eines Knaben.

„Ihr müsst stolz auftreten, damit euch die Menschen akzeptieren und ernst nehmen können“, sprach der höfische Magier, der nicht nur durch seine Magie das Vertrauen des Jungen gewonnen hatte.

„Lieber würde ich Fußball spielen gehen“, widersprach Theo und zerrten den Kragen herunter, den seine Zofe so mühselig hat hochstehen lassen.

„Jetzt ist nicht die Zeit zum Spielen“, mahnte ihn der Magier, der auf den Namen Penthos hörte. Er war bereits an der Seite des neuen Königs, als er noch im Sandkasten spielte, was wohl bemerkt noch nicht allzu lange her war. Er gehörte zu den wenigen die seine Majestät mit Theo anreden durften. „Utai braucht einen starken Herrscher.“

„Ich will aber nicht herrschen“, entgegnete der Junge. „Das ist etwas für langweilige Erwachsene.“ Er zog bei diesen Worten die Ärmel wieder über die Hände. Sie sollten baumeln wie bei den Zauberern, die er in einer Aufführung gesehen hatte. Manchmal machte Penthos das auch, dann lachten sie stets. Doch heute war der Magier nicht zum Scherzen und Albern aufgelegt.

„Die Urne irrt sich nie“, sprach Penthos. „Das goldene Los hat es so entschieden und nun ist es an der Zeit zu eurem Volk zu sprechen.“

Theo sprang vom Hocker und hielt den Blick nach unten gerichtet. „Aber ich weiß doch gar nicht was ich sagen soll.“

„Doch, das weißt du. Wir sind es oft genug durchgegangen.“ Er berührte den Knaben am Hinterkopf und schob ihn so ganz behutsam hinaus auf den Balkon, wo das Volk bereits auf seinen neuen Herrn wartete.

Der Junge ließ die Arme herabhängen ehe er ins Licht der Sonne schritt. Er sah den Magier kurz an, der hinter ihm stehen blieb, dann stieg er die paar Stufen hinauf, die man für ihn hatte herrichten lassen, damit er über das Geländer sehen konnte.

Ein Raunen fuhr durch die Menge, dann hielt sie den Atem an.

Theo hob die Arme hoch und ließ die Ärmel dabei herabbaumeln. „Bürger von Utai“, sprach er und ignorierte dabei die Ermahnung des Magiers.

Das Volk war außer sich. Sollte wirklich ein Kind über sie herrschen?

Penthos hörte die Ersten unter ihnen protestieren. Er zog die Ärmel des Königs von hinten zurück und erinnerte ihn an die Ansprache.

„Schwere Zeiten hat unser Land durchmachen müssen. Agaran zeigte uns einen Platz an der Sonne, doch zu welchem Preis? Er war mein Vater, aber er war auch eine blutrünstige Bestie.“

Die Menge schwieg, wunderte sich darüber, dass ein Junge derart sprechen konnte.

Penthos flüsterte ihm weiter ins Ohr und er sprach: „Agaran ist von uns gegangen, doch haben wir noch immer eben diesen Platz an der Sonne. Utai ist stark genug, um die Wut, die Trauer und die Enttäuschung zu überwinden und den Blick in eine strahlende Zukunft zu richten. Daher möchte ich, …“ Er hielt kurz inne, weswegen ihn der Magier behutsam anstieß. „Daher möchte ich“, fuhr er schließlich fort. „Ich möchte, dass ihr Fußball spielt.“

„Theo“, seufzte Penthos und sah entsetzt mit an, wie der Junge mit seinen baumelnden Ärmeln vor dem Volk posierte.

Schließlich wurde die Menge derart laut, dass er die Stufen hinabstieg und zurück ins Schloss einkehrte.

Kaum schlossen sich die Türen hinter ihm, tadelte der Magier mit ihm. Doch Theo senkte nicht etwa den Blick betrübt auf den Boden, sondern sah seinem Freund amüsiert ins Gesicht und er glaubte auch im Gesicht des Magiers ein leichtes Grinsen zu sehen. Dieses Grinsen verschwand jedoch, als die Amme fluchend in die Kammer stürzte.

„Was, bei den Göttern, war das?“, begehrte die Amme auf und stieß Penthos zur Seite.

Theo lachte umso mehr, als sie sich mit ihrer Schweinenase vor sein Gesicht beugte. Er hörte auch Penthos ein Lachen unterdrücken. Sie wussten beide weshalb.

„Du benimmst dich ab heute wie ein König, hast du verstanden!“, brüllte sie ihn an. Dann wies sie die Zofe zurecht. Was ihr überhaupt einfiel ein viel zu großes Gewand für den König von Utai nähen zu lassen. Schließlich stellte sie sich dem Magier. „Und du“, brüllte sie. „Du solltest nicht lachen. Das bestätigt ihn nur!“

Penthos wusch sich eine Träne aus dem Augenwinkel als er in ihr Gesicht blickte.

„Können wir jetzt Fußball spielen?“, fragte Theo seinen Freund.

„Oh, nein“, protestierte die Amme. „Wisst ihr eigentlich was ihr da angerichtet habt? Wie steht jetzt das Königshaus vor dem Volk dar?“

„Er ist noch jung, Margret“, erklärte der Magier. „Sie werden es verstehen.“

„Werden sie das? Ich denke in diesem Haus wird sich einiges ändern müssen, um Utai zu retten.“ Sie riss die Ärmel ab, die durch die Luft wirbelten. „Zunächst müssen wir die heutige Schande abwehren.“

Sie wendete sich an den Knaben. „Dieses Mal bekommst du deinen Willen, Utai wird ein Stadion erbauen, indem sie Fußball spielen. Aber nur“, brüllte sie auf. „Nur damit sie keine Willkür und keinen Widerspruch in den Worten ihren Königs finden können!“ Sie warf die Stofffetzen auf den Teppich und knallte wütend die Tür hinter sich zu.

Dann lachten die Beiden. Und auch die Zofe lachte, als sie dem Jungen aus dem Gewand half, jetzt hatte sie ihr Lachen verstanden und sie hatten recht, sie grunzte wirklich, wenn sie wütend war.

Seitdem die Reiter aufgetaucht waren, hatte er kein Wort mehr gesprochen.

Er warf einen Stein ins Wasser. Die Wellen breiteten sich aus. Selbst die Fische flüchteten vor ihm.

Die Welt ging zu ende und das allein wegen ihm?

Herkyna setzte sich zu ihm, ohne dabei beachtet zu werden.

„Du könntest ihr wenigstens zuhören“, redete ihm der Engel ins Gewissen. „Das Ende der Zeit ist immerhin nicht ihre Schuld.“

„Das Ende der Welt ist nicht deine Schuld“, wiederholte Herkyna.

„Doch“, sagte er schließlich. „Ich habe das Siegel gebrochen und die Reiter befreit.“

„Weil es das Schicksal so will“, erklärte sie.

„Warum will das Schicksal, dass die Welt so wie sie ist endet? Und warum sollte ich das verantworten?“

Die Nymphe schüttelte schwach den Kopf. „Ich weiß es nicht.“ Sie dachte kurz nach. „Du hast mir erzählt, du hättest den Fluch über Tagalan gebrochen. Wieso sollte das Ende der Welt nicht ebenso von dir abgewendet werden können?“

„Das war eine Hexe, kein richtiger Fluch. Außerdem sprach Weya zu mir in Zeiten der Not.“

„Das tut sie jetzt nicht?“, vergewisserte sie sich.

Er schüttelte den Kopf.

„Dann tu es nicht“, schlug sie vor, woraufhin er sie ansah und auf eine Erklärung wartete. „Ich meine, du bist der ehrlichste und gerechteste Mensch, dem ich je begegnet bin. Sie wollen, dass du sie anführst, sie zum Sieg führst. Wenn du das nicht willst, dann tue es einfach nicht. Aber sei nicht wie der Mann mit dem Esel und tue gar nichts.“

Ihre blauen Augen funkelten im Licht der Sonne, spiegelten das klare Gewässer und den Himmel wider. Er liebte es, wenn sie so strahlten.

„Tue nicht nichts“, erklärte sie. „Sonst endest du wie er und musst ewig vor einem Maultier flechten.“

„Vielleicht hast du auch Glück und sie finden noch eine Ziege für dich im Tartaros“, zog Luz ihn auf. „Ziegen sind die besseren Esel, weißt du?“

Die Nymphe konnte ihn nicht hören, deshalb sprach sie einfach weiter. „Wenn du es nicht für richtig hältst, es nicht gerecht ist in deinen Augen, dich die Reiter und die Moiren jedoch als der Gerechte ansehen, dann tue es nicht und kämpfe dagegen an.“

„Die Moiren würden eine Falle darin legen“, sprach er. „Genau so, wie sie es mit dem Siegel taten.“

„Die Moiren dienen nur dem Schicksal“, widersprach sie. „Was sie wollen spielt keine Rolle.“ Sie nahm seine Rechte und hielt sie ihm an seine Brust.

Das Herz darin schlug schneller, als sie ihn berührte.

„Die Einwohner Tagalans brauchen dich", sprach sie und küsste ihn auf die Wange, als wolle sie ihn damit aus einem langen Schlaf wecken.

Die Berührung war weich und zärtlich, er spürte ihre Lippen noch lange ehe der Kuss bereits verstrichen war.

„Denk doch nur, wie viele Leben du retten könntest, während du hier herumsitzt und grübelst."

Er blickte sie fest an und wusste sie hatte recht.

„Sie hat recht", sprach Luz. „Die Seelen richten sich nicht von alleine."

Gabe hielt ihm die Hand vor den Mund und sagte: „Du hast dieses schlechte dämonische Talent einen romantischen Augenblick vollständig zu zerschlagen."

Er ignorierte die Beiden und stand auf. „Du hast recht", sprach er. „Sicher würde auch Weya wollen, dass ich ihn finde."

„Du meinst den schwarzen Reiter?", fragte sie nach. Nachdem er nickte, stand auch sie auf und sprach: „Dann werde ich dich begleiten. Auch dieser Wald ist ein Teil der Welt, die sie vernichten wollen. Ich werde nicht einfach dabei zusehen."

Amüsiert legte sie das Schreiben aus C'Tusk zur Seite. Es hatte funktioniert. Zum ersten Mal in der Geschichte der Diesseitigen hatte sie es geschafft eine Brücke nach C'Tusk zu errichten. Sie wusste, was sie dort taten und wozu sie ihr Bündnis nutzen würde. Sie dachte an ihn und daran, dass es ihn glücklich gemacht hatte bei ihrer gemeinsamen Reise den Schwachen und Kranken im Sumpf zu helfen. Sicher wäre er stolz auf sie, doch sie tat es nicht für ihn. Sie tat es für die Elfen.

„Füllt einen der Karren und sendet ihn zurück", wies sie einen ihrer Untergebenen an.

Der Elf nickte und verließ den Saal.

Was er wohl gerade anstellte? Vielleicht war er sogar bereits wieder im Sumpf und legte Sterbenden die kühlen Lappen auf die Stirn. Manchmal fragte sie sich, was er dazu sagen würde. Zu all dem. Nicht unbedingt zu der Sache mit den Zentauren, das würde er ohnehin nicht verstehen, auch nicht ein paar der anderen Dinge, die sie getan hatte und die sie noch tun wird.

Musik riss sie aus ihren Gedanken. „Nicht schon wieder", presste sie hervor. Sie nahm sich einen Pflock, den sie stets bei sich trug, für eben genau solche Momente und stampfte die Treppe nach oben. Diese fürchterliche Musik war der Grund weshalb sie Nachts nicht schlafen konnte.

Sie trat die Tür ins Gemach ihrer Schwester ein. Die freudige und glückselige Melodie brachte ihr Blut nur noch mehr in Wallung.

Ihre Schwester tanzte zur Melodie mit einem Mädchen das sie nur zu gut kannte. Der Mondschein fiel durch das geöffnete Fenster und ließ ihre blassen Häute funkeln.

Sie tanzte im Einklang mit Melodie und Schatten. Als gäbe es keinen Morgen, keine Sorgen und keinen Kummer.

Augenscheinlich erstach sie die Musikanten im Zimmer mit ihrem Pflock aus Holz. Sofort zerfielen sie zu Staub.

Als die Musik endete und die beiden noch immer durch die Luft tanzten, sich drehten, wandten und sich quer durch das Zimmer kräuselten, riss sie die Beiden auseinander.

Sie fielen zu Boden. Eine von ihnen zu jeder Seite des Zimmers.

Annie fauchte und fletschte die Zähne. Ihre spitzen Eckzähne blitzten auf und die Augen färbten sich rot. „Warum tust du das?“, fauchte sie sie an wie eine Natter.

„Weil du nur ein schmutziger Vampir bist“, warf sie ihr entgegen und wollte auf sie einstechen.

Doch ihre Schwester hielt ihren Arm fest. „Tu es nicht, Schwester“, bat sie. „Sie wollen doch nur spielen.“

Sie stieß sie von sich. „Du weißt nicht, was sie wollen.“

„Doch“, widersprach ihre Schwester. „Das weiß ich sehr wohl. Sie feiern die Nacht und die Schatten.“

„Du bist aber keine von ihnen!“

Annie sprang auf. „Und ob sie das ist.“ Es gelang ihr dem Angriff auszuweichen.

„Ich hätte dich in den Bergen töten sollen“, schrie sie.

„Doch das hast du nicht“, sprach die Vampirin und ließ die Instrumente ihrer Artgenossen mit einer Handbewegung schweben. Sie glitten zu ihr und verschwanden unter ihrem Schleier. Dann sprang sie auf die Fensterbank, drehte sich um und sprach: „Dieses Mal bist du zu weit gegangen, Elfe!“ Dann verschmolz sie mit der Nacht und verschwand ehe sie die Fenster erreichen konnte.

„Warum tust du das?“, fragte ihre Schwester.

„Weil ich nicht zu lasse, dass sie dich mir wegnehmen!“ Sie schlug das Fenster zu und zog die Vorhänge davor. Der Mond schimmerte schwach hin durch.

„Sie sagen, ich bin ihre Königin“, beharrte die kleine Elfe.

„Das bist du nicht“, widersprach sie. „Du bist meine Schwester, kein Monster.“ Dann rief sie nach den Wachen, als niemand antwortete, fragte sie: „Wo sind die Wachen, die ich vor deinem Zimmer positionieren ließ?“

„Ich habe sie nach Hause geschickt“, sagte die Kleine kühl. „Sie sollen das Leben genießen solange er es ihnen noch lässt.“

„Das mit Vater tut mir leid“, sprach sie. „Doch ich sehe nicht mit an, wie es dich in die Schatten zieht. Ich bleibe heute Nacht bei dir.“

„Das musst du nicht.“

„Sie kommt nicht wieder.“ Sie ballte eine Faust, nach der ihre Schwester griff und sie öffnete.

„Sie tun mir nichts“, sagte sie. „Annie ist meine Freundin.“

„Sie kann nicht deine Freundin sein! Schon allein, weil ich ihre Eltern umgebracht habe! Sie hasst mich dafür! Was sie will, ist schlimmer als der Tod!“

Die Kleine blieb ruhig. „Sie sagen, er ist zurück auf Tagalan. Der leibliche Tod, und er wird die Schatten einen.“

Sie antwortete nicht. Sie wusste, ihre kleine Schwester sprach manchmal wirres Zeug. Immer dann, wenn sie sich vor etwas fürchtete. Das machte sie immer zornig, denn sie wollte nicht, dass sich ihre Schwester vor etwas fürchtete.

Sie legte sich zu ihr ins Bett, ohne zu ruhen. Sie blieb die ganze Nacht wach, das Stück Holz fest in der Hand.

Es musste aufhören, solche Nächte mussten enden.

Der Transport von Waren war in manchen Teilen Tagalans eine echte Herausforderung. Eben dieser Herausforderung stellte sich ein junger Mann mit einem dutzend Milchkannen voller frisch gemolkener Milch nicht weit vom Wald entfernt. Hier war der

Weg besonders holprig, denn die vielen Wurzeln der Bäume hoben und senkten das Pflaster, ließen Beulen und Löcher darin entstehen.

Die hölzernen Räder bollerten und der Karren knarrte unter der Last und den vielen Löchern in der Straße. Fuhr er zu schnell, so würden die Kannen umkippen und das kostbare Gut einfach so auf die Straße laufen und das wäre eine Tragödie für ihn und seine Geschwister.

Er war gerade auf dem Weg zum Markt, um die Milch gegen etwas Essbares für sie einzutauschen.

Seine Sorge war es jedoch, wenn er noch langsamer reiste, dass die Milch vor seiner Ankunft schlecht werden würde.

Wozu sammelte man im Königreich Bandor eigentlich die Steuern ein, fragte er sich, während es sich anfühlte, als würde sein Hirn ebenso hin und her geschaukelt wie die Milch auf seinem Karren. Sagen sie nicht immer, sie würden die Straßen damit sanieren? Vielleicht sollte er den Steuereintreiber beim nächsten Mal fragen, welche Straßen er meinte. Vermutlich waren die Straßen rund um das Schloss gemeint. Sicherlich wollte ein König stets die Pflastersteine auf seinen Straßen um sich, die gerade farblich im Trend lagen.

Derart in Gedanken versunken, übersah er ein besonders großes Loch im Boden, was ihm prompt eines der Räder zerschlug.

Er zog die Zügel an und stoppte dabei fluchend den Esel.

Nachdem er mehrfach Wörter benutzt hatte, die man in keinem Wörterbuch des Landes fand, dankte er seinem Vater für seine Weitsicht. Er wusste, er hatte immer ein Ersatzrad im Karren und zog es zwischen den Milchkannen hervor.

Hufschläge näherten sich ihm.

Er hob das Rad aus dem Karren und drehte sich um. Vor Schreck, ließ er das Rad fallen, es kullerte eine Weile über die Straße bis es umfiel und liegen blieb.

„Bist du der Tod?“, fragte er den schwarzen Reiter mit der Maske.

Der Reiter schüttelte den Kopf. Das Licht zerbrach um ihn herum in schwarze Fetzen und flackerte durch die Luft wie Asche.

Der junge Mann atmete sie ein und er spürte, wie sie sich wie heiße Asche auf seiner Lunge niederließen. Dann verfiel er in ein Husten und krümmte sich.

Als er aufsah, sah er neben dem Reiter einen weiteren Reiter mit einem grauen Pferd und einer Sense. Er erkannte ihn sofort, es war nicht nötig ihm die gleiche Frage zu stellen.

„Zum verwechseln ähnlich, nicht wahr?“, sprach eine leere Stimme unter der Kapuze zu ihm.

„Bin ich tot?“, wunderte er sich.

Der Tod nickte. „Sagen wir mal so, du musst dich nicht mehr sorgen, Milch zu verschütten.“ Dann schnitt er mit der Sense den Geist aus ihm und wies ihn ins Jenseits zu gehen.

Während sich die Seele auflöste, sprach eine kratzende und ächzende Stimme: „Es wurde Zeit. Ich habe dich bereits erwartet.“

„Zeit spielt für mich keine Rolle“, sprach der Tod. „Du hingegen schon.“

Der schwarze Reiter lachte, es erinnerte an Husten.

„Du weißt, warum ich hier bin?“, fragte der Tod.

„Du hattest es mir versprochen“, antwortete er.

„Ich stehe zu meinem Wort. Ich bin hier um dich zu holen“, sagte der Tod trocken. „Deine Begabung ist einzigartig. Einzigartig genug, dass du mit uns reiten sollst, das Schicksal will es so."

Der schwarze Reiter nickte zufrieden.

„Du hast allerdings ein Image Problem", erklärte Tod und deutete dabei auf den Leichnam des Knaben. „Ab heute heißt du Pestilenz. Das ist kurz, leicht zu merken und es trifft den Nagel auf den Kopf. Außerdem solltest du deine Gabe gezielter einsetzen, nicht bloß um ein paar Paare oder Familien auseinander zu treiben. Wir reden vom Ende der Welt, nicht von persönlicher Wollust."

Sie ließen den Karren voller Milch zurück und ritten hinauf ins Firmament.

Der Tod räusperte er sich.

Irgendwo zwischen dem Irdischen und dem Überirdischen hielten die vier apokalyptischen Reiter ihr Treffen ab, um über ihr weiteres Vorgehen zur Herbeiführung des Endes der Welt zu sprechen.

„Das ist er, meine Gefährten", sprach Tod und deutete auf den schwarzen Reiter, dessen Pferd stolz in der Luft stand. „Sein Name ist Pestilenz, doch ihr dürft auch Pest zu ihm sagen."

Die anderen Beiden nickten schwach.

„Seine Fähigkeiten sind atemberaubend, nicht wahr?“, sprach Tod über die Pestilenz.

Während der Hunger applaudierte, schien der Krieg vom Neuen wenig überzeugt. Für ihn gehörte die Pest nicht wirklich dazu, sie war nur eine Erfindung der Menschheit, wie er sagte.

„Und der Krieg nicht?“, hakte der Tod nach.

Der rote Reiter, dessen Rüstung im Licht der Sonne zu brennen schien schwieg.

„Weshalb nennst du dein Pferd Bella“, fragte ihn der Tod, um ihn aus seiner Stille zu locken. „Die Leute glauben noch, es wäre ein Hund und kein Pferd.“

„Vielleicht wollte ich ja auch lieber einen Hund?“, entgegnete der Krieg.

„Es geht hier nicht um Wollen“, sprach der Hunger. Doch Tod schritt sogleich ein.

„Paupertas klingt für mich auch viel zu harmlos“, er sah den dürren Reiter mit geneigten Kopf an.

„Armut ist für Viele harmlos, bis auf die, die sie betrifft“, sprach der Hunger.

„Morbo klingt niedlich“, fuhr Tod fort. „Der Name gefällt mir.“ Er grinste dem Neuen zu.

„Er sollte leicht auszusprechen sein“, keuchte Pest mit ächzender Stimme mehr als er sprach.

Tod nickte wissentlich.

„Und wie heißt dein Pferd?“, fragte ihn der Krieg.

„Gladis“, antwortete er nüchtern.

„Ah“, wunderte sich der Hunger. „Von Glados, weil es eine Stute ist? Das ist clever.“

„Nein“, schüttelte Tod den Kopf. „Weil ich den Namen mag. Denkt ihr wirklich die Sterblichen können heutzutage noch Latein?“ Er erwartete nicht wirklich eine Antwort auf diese Frage- Seine Begleiter erinnerten ihn ein wenig an Kinder. Sie waren viel jünger wie er und sie würden auch nicht so alt werden wie er. Außerdem war nur er zu einem Teil versiegelt worden, der andere Teil von ihm kannte die Welt, das Schicksal, die Götter und auch die Notwendigkeit ihres Auftrags. „Die Erfolge der Pest können sich sehen lassen“, sprach er. „Doch was habt ihr bisher getan? Ein wenig Weizen und Gerste verdorben und ein paar Zwerge gegen einen Clan von Riesen in den Bergen kämpfen lassen?“

Die anderen Beiden sahen sich fragend an.

„Sacre hat sehr viele Getreidefelder", suchte Hunger nach einer Entschuldigung. „Es besteht fast nur aus Weizen."

„Und die Zwerge weigern sich den Sprossen, wie sie sie nennen, zu helfen oder ihnen gar entgegen zu treten", entschuldigte sich der Krieg.

Tod zuckte gelassen mit den Schultern. „Wir müssen unsere Vorbereitungen besser koordinieren, um die Nacht ohne Morgen einzuleiten", schlug er vor. „Die Welt ist wie alles Lebende, sie weigert sich zu sterben, bis es schließlich doch passiert."

„Was ist mit dem weißen Reiter?", fragte der Hunger nach.

„Er ist der Sieger", erklärte Tod. „Er muss sich nicht vorbereiten."

„Das ist jedoch eine schlechte Eigenschaft, wenn er nicht auf unserer Seite ist", knurrte der Krieg, die Klinge fest in der Hand.

„Ich werde mich um ihn kümmern", keuchte die Pest. „Ein Mensch kann nicht immer nur gewinnen."

„Mattheo!", grunzte es aus einem der Fenster im Schloss. Doch der Knabe hörte die Rufe der Amme nicht. Er wollte sie nicht hören, nicht jetzt.

Der Ball flog hinter die weiße Linie und kullerte den Hügel hinab.

„Aus!“, rief Penthos. Auch er überhörte die Amme und spielte seine Rolle weiter.

Ein kleines Eichhörnchen rollte den Ball auf die Anhöhe zurück und blieb auf der Linie stehen.

„Einwurf“, rief der Magier und trillerte mit seiner Pfeife.

Das kleine Eichhörnchen nahm den Ball in die Hand und warf ihn zurück aufs Spielfeld.

Theo sprintete los, schnappte sich den Ball und umspielte eine der Mäuse auf dem Platz. Quiekend sah sie ihm und dem Ball nach. Die gegnerischen Abwehrspieler stürmten auf ihn ein. Er hob mit dem Fuß den Ball hoch, schoss ihn hoch hinaus, sodass der Dachs nicht an ihn heran kam, dann schlug er mit dem Kopf den Ball zurück auf dem Boden und sah, wie der Hase auf den Ball ansetzte. Schnell wie der Wind drehte er sich um den Ball, schob ihn ein wenig zur Seite und lächelte, als der Hase am Ball vorbeilief. Dann trippelte er weiter auf das Tor zu, hielt kurz davor an, sah dem Fuchs ins Gesicht und schoss in die obere Ecke des Tores. Der Torwart sprang auf, doch er verfehlte den Ball knapp. Das runde Leder landete im Netz und der junge König rutschte mit den Knien über das Gras auf dem Boden. „Tor!“, rief er dabei.

Der Adel, der dem Spiel beiwohnte, jubelte Beifall, was Theo nur noch mehr anspornte und lauter jubeln ließ. Noch verstand der Knabe nicht, dass sie auch dann ihrem König zu jubelten, wenn sie eigentlich gar nicht wollten.

„Sehr gut“, lobte ihn der Magier. Er wollte noch etwas hinzufügen, da zog ihm die Amme von der Seite die Ohren lang.

„Schluss damit“, grunzte Margret. „So benimmt sich kein König am Hof.“

Der Adel hörte kurz auf zu klatschen, ließ jedoch die Hände in Bereitschaft die Vorführung fortzusetzen.

Theo kicherte, während er sich auf den Boden schmiss.

Margret grunzte mit dem Magier. „Von einem studierten Magier am Hofe Utais habe ich wesentlich mehr erwartet!“

„Aber es ist nur ein Spiel“, versuchte es Penthos.

Die Amme schüttelte energisch den Kopf und stemmte beide Arme in die Hüfte. Es war reine Körperbeherrschung, dass er nicht gleich mit dem Jungen mitlachte, als sie so vor ihm stand.

Sie drehte sich um und zog den Knaben im Kragen auf die Beine. „Damit ist jetzt Schluss!“, grunzte sie. „Es ist an der Zeit, dass unser junger Mattheo lernt sich wie ein König am Hof zu benehmen und jemand ihm beibringt, wie man ein Königreich führt.“

„Aber er ist doch noch ein Kind“, gestand Penthos ihr ein.

„Genau deshalb habe ich ihn an den Hof bringen lassen“, sie deutete auf einen kräftigen Mann neben einem stolzen Ross, sein rotes Haar glänzte in der Sonne. „Er wird ihn von nun an unterrichten!“

Der Mann lächelte und winkte dem Jungen zu.

Lolote entlud den Karren, welchen die Herrin nach C'Tusk entsandt hatte. Sie hatte ihr Wort gehalten. Er fragte sich nur wozu.

Eine der Zentauren lächelte ihm zu. „Danke“, sagte sie schwach.

Der Elf ignorierte sie.

„Mein Name ist Perry.“ Sie nahm ihm eine der Kisten ab und stellte sie auf den Boden. „Danke, dass du mir und meiner Tochter das Leben gerettet hast."

„Wenigstens siehst du sie noch", entgegnete er barsch und kramte weiter im Karren.

„Dann hat sie deine Familie auch getötet?", erkundigte sich die Zentaurin.

„Nein", wies er sie ab. „Aber ohne sie im Exil zu leben ist, als wäre ich von ihr ermordet worden."

Sie grinste verzweifelt, bekam jedoch nur von ihm eine Kiste hart in die Seite gedrückt. Wieder setzte sie sie neben sich auf den Boden. „Wir haben uns beide unser Schicksal nicht ausgesucht", sprach sie weiter zu ihm.

Er zögerte als sich unter den Kisten Bogen,, Speere und Äxte zeigten. Auch ein paar Harnische waren darunter.

„Niemand von uns wird den Sumpf je wieder lebend verlassen", sagte er und drückte ihr eine der Waffen in die Hand.

Sie grinste nur schwach und wackelte damit umher. Es sah ein wenig hilflos aus.

„Mein Name ist Lolote", sprach er und wendete sich von ihr ab. „Du hältst den Speer falsch herum, wenn du dich damit verteidigen willst."

„Oh", machte sie und drehte die Spitze nach oben. „Freut mich dich kennen zu lernen." Sie reckte ihm eine Hand entgegen.

Dann begriff er es plötzlich. Sie half nicht C'Tusk, weil ihnen die Elfen oder Menschen hier etwas bedeuteten. Sie alle waren bloß Kanonenfutter für einen ihrer Schlachtzüge. Deshalb die Ausrüstung neben der Nahrung.

„Ich soll euch das Jagen beibringen", sagte er scharf und drückte ihr Helm und Panzer in die Hand. „Leg sie nicht weg, zieh sie lieber an. Du wirst sie brauchen."

„Aber dürfen wir das einfach so ohne die Zustimmung des Rats?", wunderte sich Perry.

„Der Rat trug mir auf, mich um euch zu kümmern und das tue ich hiermit. Du weißt wie man ihn anzieht?"

Die Zentaurin sah an ihrer Oberweite herab, „Denkst du er passt?"

„Das muss er", sagte er trocken.

Vergebens versuchte sie den Panzer anzulegen, doch es sah nur noch unbeholfener aus als sie ohnehin bereits war.

„Ich helfe dir“, sprach der Elf und stieg vom Karren herab.

Perry hob ihr bräunliches Haar nach oben und sah, wie er versuchte sich an ihr empor zu recken. „Entschuldige“, sagte sie, dann kniete sie vor ihm und ließ sich von ihm anziehen. „Denkst du er wird als Schutz ausreichen?“, fragte sie ihn schließlich nachdem sie wieder aufrecht vor ihm stand und das Haar nach hinten warf.

Er reichte ihr den Helm. „Nein“, sagte er. „Aber es wird das Wichtigste schützen.“ Schweigend sah er sie an und war sich nicht ganz sicher, ob sie das richtig verstanden hatte. „Wie heißt deine Tochter?“, unterbrach er die Stille.

„Ebony“, antwortete Perry und schien sich über sein Interesse zu freuen. „Sie ist eine sehr stolze Stute.“

„Ich habe sie gesehen“, gestand er. „Sie kommt ganz nach ihrer Mutter.“ Wieder dachte er darüber, dass sie diese Worte ebenfalls falsch verstehen konnte, zog es jedoch vor, es einfach dabei zu belassen.

Sie lächelte. „Du bist ein guter Elf“, sagte sie. „Das sieht man dir an.“

„Viel genutzt hat es mir bisher nicht“, entgegnete er, wandte sich von ihr ab und stieg wieder in den Karren. „Wir müssen das hier uns Lager bringen, danach zeige ich dir wie man einen Speer führt.“

Sie nahm eine der Kisten entgegen und stellte sie ab, dabei bedankte sie sich.

„Aber zu aller erst solltest du dir zwei Dinge merken“, erklärte er. „Erstens, einen Speer hält man mit beiden Händen.“

„Oh“, machte sie und sah auf den Speer auf dem Boden hinab.

„Und Zweitens“, fuhr er fort. „Wegen deiner Statur, solltest du ihn nie auf den Boden fallen lassen, wie gerade.“

Sie lächelte ihn unwissend an.

„Wie willst du ihn schnell genug wieder aufheben?“, fragte er.

Sie antwortete mit einem „Oh“ und schien zu überlegen. Entschied sich dann jedoch, nichts weiter zu sagen.

„Ich sehe, wo du deine Hände hast“, kritisierte ihn der Engel, während er die Nymphe zu Ross fest umklammerte.

„Das tust du nicht“, zog ihn der Dämon auf.

„Woher willst du das wissen?“, hakte der Engel nach.

„Weil du sonst nicht so gelassen wärst“, feixte der Dämon.

„Was?!“, fuhr der Engel auf und versuchte seinen Griff zu lösen. „Das kannst du nicht machen!“

Doch Phil ließ sie nicht los, er fürchtete, er würde vom Pferd stürzen.

„Wer ist sie?“, riss Herkyna ihn aus seinen Gedanken.

„Wen meinst du?“, fragte er.

„Die Elfe“, entgegnete die Nymphe. „Von denen die Moiren sprachen, als wolltest du sie retten.“

„Ich möchte alle retten“, sprach Phil und hielt es für eine kluge Antwort.

„Das weiß ich, aber du weichst der Frage aus.“ Ihre Stimme blieb in einem ernsten Tonfall.

„Ihr Name ist Penele“, entgegnete er nüchtern. „Sie gehörte zu den ersten Einwohnern die ich auf meiner Reise durch Tagalan getroffen habe.“

„Wo ist sie jetzt?“

„Das weiß ich nicht, wir haben uns getrennt.“ Sein Griff wurde etwas lockerer.

„Und liebst du sie immer noch?", wollte Herkyna wissen.

„Nein", entgegnete er. „Wir sind zu verschieden."

„Achso", machte die Nymphe und hielt den Blick wieder auf die Straße gerichtet.

Dann sprach niemand mehr.

Der Dämon grinste, während der Engel immer lauter fluchte.

Ein Karren blockierte den Weg. Schon von weitem hörten sie den Esel an ihm schreien.

Phil betrachtete den Leichnam vor ihm. Es war nicht zu übersehen, wessen Handschrift das war.

„Vielleicht ist er noch in der Nähe", schlug die Nymphe vor den Weg fortzusetzen. Doch Phil lehnte ab. Auch wenn er den Verstorbenen nicht kannte, verdiente er nicht auf einer offenen Straße zu verwesen.

Herkyna war von seinem Mitgefühl gerührt und half ihm den jungen Mann am Rand des Waldes zu begraben.

In einer Grube gebettet, legten sie ein Feuer und verbrannten den irdischen Teil des Jungen. Phil sprach einige Gebete aus seinem Buch. Sie schloss die Augen während er zu Weya sang.

Irgendwann waren sie soweit und brachen wieder auf. Sie wollten den Karren mit in die nächste Stadt nehmen, vielleicht fand sich so der Besitzer. Doch der Karren war bereits gestohlen worden, deshalb zogen sie ohne ihn weiter.

„Du hast etwas vergessen“, erinnerte ihn Gabe.

Phil sah ihn fragend an und wartete auf eine Erklärung.

„Du hast nicht ja oder nein gesagt.“

„Ja oder nein?“, begehrte der Dämon auf. „Was soll das denn heißen? Welche Seite ist dann deiner Meinung nach Ja und welche Nein?“

„Entschuldige“, sagte der Engel. „Ich meinte natürlich, ab oder auf.“

„Schon besser“, freute sich Luz. „Auch wenn das noch immer ein wenig abwertend klingt.“

„Sucht euch jemand anderes“, wies Phil die Beiden ab und kletterte zu Herkyna auf den Schimmel.

„Ganz langsam“, flüsterte der Elf Perry zu.

Der Sumpf von C'Tusk war nicht für seine üppige Vegetation berühmt, zumindest nicht für Pflanzen und Tiere, die nicht quakten, stachen, an verdorrten Baumstämmen wuchsen oder in kleinen Tümpeln schwammen. Doch gelegentlich verirrte sich auch ein Tier des Waldes in den Sumpf. Wildschweine waren da leichte Beute, denn sie blieben oftmals im Schlamm stecken. Dieses Mal jedoch jagten sie einem Hirsch nach.

„Aber ich bin so aufgeregt“, sprach die Zentaurin. Die Anspannung in ihren Muskeln war nicht zu übersehen.

Lolote deutete ihr an, sich dem Tier noch etwas zu nähern.

Ein Zweig brach unter einer ihrer Hufen und das Tier schrak auf. Der Hirsch richtete die Ohren nach vorn und hinten, dann sprang er los.

„Jetzt!“, schrie der Elf.

Perry spurtete nach vorn und warf den Speer nach dem Tier.

Mit einem klatschenden Laut fiel der Hirsch zu Boden. Die Zentaurin jubelte, doch der Elf sah sie nicht an. Stattdessen näherte er sich dem Tier. „Denkst du, ich habe nicht getroffen?“, erkundigte sie sich.

„Das hast du auch nicht“, sagte der Elf und zog den Speer neben dem Hirsch aus dem Matsch. Dann warf er ihn ihr zu und hörte wie das Tier vor ihm zu Röcheln begann.

„Warum ist er dann?“, fragte Perry. Dann sah sie es auch.

Der Körper des Hirschen war mit Beulen übersät und aus seinem Maul sprudelte Blut in das schlammige Gewässer. Die Brust hob und senkte sich immer schneller, bis der Hirsch den Kampf schließlich verloren hatte und er nur noch da lag.

„Ist er?“, fragte Perry, doch der Elf wies sie an sich dem Tier nicht zu nähern. „Greift es jetzt etwa auch die Tiere an?“, fragte sie stattdessen.

„Es sieht ganz so aus“, wunderte sich Lolote und deutete dabei auf die vielen Beulen am Leib. „Das Fleisch ist jedenfalls ungenießbar.“

„Dann suchen wir weiter?“

Der Elf schüttelte den Kopf. „Wir sollten zurück und es dem Rat erzählen, das könnte zu einem Problem werden.“ Er drehte sich um und ging los.

Sie folgte ihm jedoch nicht, sondern gab ein „Oh, Mist“ von sich. Er wusste, was das bedeutete.

Perry steckte mit ihren Vorderhufen im Morast fest und versuchte sie verzweifelt anzuheben.

„Ich habe doch gesagt, du sollst aufpassen wo du hintrittst“, schimpfte er mit ihr.

Je mehr sie sich wehrte, desto tiefer sank sie vor seinen Augen ein.

Er stellte sich vor sie und versuchte mit aller Kraft ihre Beine aus dem Schlamm zu zerren. Er stemmte sich sogar mit seinem Gewicht gegen sie, wobei sich ihre Oberkörper berührten.

„Wäre die Lage nicht so ernst, würde es mir sicher gefallen“, sagte sie lauter als sie es beabsichtigt hatte.

Er ging ein paar Schritte zurück und ignorierte es. Schließlich fand er einen soliden Ast und hielt ihn ihr entgegen. „Ich sagte doch, der Sumpf ist kein Ort für einen Zentauren.“

Perry klammerte sich krampfhaft an den Ast und sagte: „Es ist aber auch kein Ort für jemanden wie dich.“

Lolote stemmte sein gesamtes Gewicht gegen die Last, schob einen der Steine vor seinen Fuß und zog so feste wie er nur konnte.

Sie verlagerte ihr Gewicht und reckte sich vor, schließlich erreichte sie einen der Baumstämme und zog sich daran hoch. Sie schüttelte den Dreck von ihren Hufen und drückte den Elf zum Dank fest an sich.

Als er sich gegen ihre Zärtlichkeiten zu wehren begann, setzte sie ihn wieder ab und drückte ihm dabei einen Kuss auf die Wange.

Der Elf wich sich ohne etwas zu sagen über das Gesicht, gab ihr den Speer in die Hand und leitete den Rückweg ein. „Das war genügend Aufregung für einen Tag", sagte er.

Sie bedankte sich noch einmal bei ihm und folgte ihm dann.

Irgendwo musste er sein.

Penthos schlich durch die Küche zwischen den Zofen hindurch. Ein paar kicherten, die anderen schälten Kartoffeln.

Irgendwo hier musste er sich versteckt, der junge König.

Eines der Eichhörnchen begleitete ihn bei der Suche und hob Töpfe und Pfannen hoch. Auch einen Rock der Zofen scheute es nicht und spähte darunter.

„Sie wird ausflippen, wenn sie euch beim Versteckspiel in der Küche erwischt", kicherte sie.

Penthos machte ihr Grunzen nach und schimpfte mit dem kleinen Nager, der sich daraufhin an die Brust fasste und wie tot um viel. „Oh, nein“, grunzte der Magier. „Wir haben unseren Kleinen mit unserem Grunzen getötet“, spielte er seine Rolle. Jetzt musste auch die Letzte unter den Zofen lauthals lachen. „Er ist gestorben an zu viel Spaß“, fuhr er fort. „Wir sollten ihn unter einer Pfanne beerdigen.“ Er näherte sich einem der Schränke und tat als wolle er eine Pfanne aus dem Schrank holen, dabei hörte er ein Lachen durch den Spalt.

Das Eichhörnchen sprang auf seiner Hand auf und riss die Türen des Schranks auseinander.

„Du mieser kleiner…“, grunzte Theo den Nager an, der daraufhin los lief und sich von ihm durch die Küche jagen ließ.

Das Lachen der Zofen endete abrupt und Penthos versuchte dem Jungen ein Zeichen zu geben, doch er spielte einfach weiter.

Margret stand in der Tür, stemmte beide Arme in die Hüfte und grunzte. Dann rief sie laut „Plutos!“ immer und immer wieder. Bis schließlich der Mann mit der Rüstung und den roten Haaren in der Tür erschien.

Er stieß sie zur Seite, packte das Eichhörnchen und schlug es mit der Faust kaputt.

Theo riss weit den Mund auf, dann rollten ihm Tränen über die Wangen. War das gerade wirklich passiert?

„Nagetiere verbreiten die schwarze Seuche", sprach Plutos mit rauer Stimme. „Und wir können dieses Risiko bei unserem Herrn nicht eingehen." Er stieß den weinenden Jungen vor sich auf den Boden. „Hör auf zu weinen, du musst lernen erwachsen zu sein."

Margret nickte und grunzte vor Freude. Während der Magier ihn für seine Taten zur Rede stellte.

Der Mann hob den Finger zwischen ihm und den Magier und sprach: „Du solltest es besser wissen. Jemand wie du, ist nicht gut für jemanden wie ihn." Er deutete dabei auf den weinenden König vor ihm.

„Genau das sage ich auch immer", grunzte die Amme freudig.

„Schweig", verbot er ihr zu sprechen. „Ich bin hier, damit Utai unter seinem neuen Herrscher wieder zu alter Größe finden kann." Er wandte sich wieder an Penthos. „Und deshalb, Magier, sollst du dich ihm nur noch nähern, wenn es ihn vor einer Gefahr zu schützen gilt. Und du, kleiner Mann“, sprach er zu Theo. „Du gehst jetzt auf den Zimmer, heulst dich aus und wartest, bis ich dich wieder raushole. Ich muss dir etwas zeigen!“

Niemand im Raum traute sich etwas zu sagen, stumm sahen sie einander an. Einzig die Amme grinste stolz, als der König mit gesenkten Haupt an ihr vorbeimarschierte.

Zufrieden legte sie die Feder zur Seite, faltete ihr Schreiben und drückte eines ihrer Wachssiegel darauf. Der Fisch hatte angebissen und nun fragten sie bereits nach mehr. Mehr Nahrung und etwas Medizin.

Sie schmunzelte.

Es war an der Zeit die nächste Phase ihres Plans einzuleiten. Das Bündnis mit dem Sumpf, war nur der erste Schritt. Mit ihrer nächsten Lieferung forderte sie ihren Verbündeten auf, ihnen bei der bevorstehenden Schlacht beizustehen und genügend Soldaten zu ihrer Verfügung zu stellen. Denn die eigentliche Bedrohung für sie und ihre Schwester lag im Süden.

Sie lächelte zufrieden, da klopfte es an ihrer Tür.

„Lasst ihn hinein“, befahl sie ihren Wachen.

Einer ihrer Boten kam hinein, kroch gerade zu auf allen Vieren vor ihr. „Herrin“, sprach er mit zitternder Stimme. „Die Jäger sind zurück.“

Gespannt richtete sie sich auf, um keines seiner Worte zu überhören.

„Es sieht nicht gut aus, Herrin“, fuhr er fort. „Sie sind wieder mit leeren Händen zu uns zurückgekommen.“

„Was?!“, schrie sie außer sich.

„Es ist als fallen die Tiere des Waldes einer verheerenden Seuche zum Opfer.“

Wutentbrannt sprang sie vom Thron, schleuderte Geschirr und Kerzenhalter vom Tisch, warf den Tisch um und schleuderte einen der Kelche nach dem Boten.

Das konnte unmöglich war sein. Ausgerechnet jetzt gingen ihnen die Vorräte aus, es reichte gerade noch für die Erfs, wie sollte sie da Karren für den Sumpf füllen lassen?

Der Kelch schlug dicht neben ihm auf den Boden. „Verzeiht mir, Herrin“, entschuldigte er sich für die schlechten Neuigkeiten bei ihr.

Schnaufend zerriss sie das Schreiben an den Rat, dann ließ sie sich zurück in den Thron fallen.

„Wir könnten", versuchte es der Elf.

„Schweig!", brüllte sie. „Ich muss nachdenken!" Sie hörte die Musik aus dem Zimmer über ihr.

Es war riskant und grausam, doch es musste sein. Sie musste alles auf eine Karte setzen, um sie und ihr Volk zu retten.

„Ich will, dass ihr unser letztes Proviant auf einen Karren schnürt und es nach C'Tusk bringt", befahl sie. „Erfs stehen zu ihrem Wort. Doch ihr kehrt nicht mit leeren Händen heim. Bringt ihre besten Soldaten mit, denn sie müssen mit uns nach Osten marschieren."

„An die Küste?", wunderte sich der Elf. Seit Jahrzehnten hatte es keinen der Erf je wieder ans Meer gezogen. Er wusste, was sie beabsichtigte und es war nicht rechtens.

„Es ist ein Befehl", beharrte sie und forderte ihn auf den Saal zu verlassen.

Sie wusste, die Küste im Osten war kein Ort für einen Elfen, doch sie mussten dort einmarschieren, denn sonst würde nicht nur C'Tusk Hunger erleiden müssen. Und im Osten musste es mehr als genug Nahrung geben, das wusste sie.

Ein beißender Geruch drang in seine Nase und verdrehte seinen Magen. Es roch faul und bitter, als sie sich der Stadt Sichel näherten.

Karren voller Leichen zogen an ihnen vorbei. Er sah die Beulen an den Leibern, die schwarzen Lippen und das Blut. Sie kamen zu spät.

Die Straßen der Stadt lagen voller Leichen und Menschen, die nach Luft rangen. Ein furchtbares, gottloses Bild, das sich ihm direkt in den Verstand bohrte.

Sie Versuchte ihn zu beruhigen, doch sein Gehör war nur dem vielen Leid zugewendet.

Bei Weya, durchfuhr es ihn. Das kann unmöglich dein Wille sein.

„Es ist schlimmer als erwartet", beschrieb er schließlich das Grauen.

Sie nickte verzweifelt, denn sie wusste ihm nichts weiter zu entgegnen.

Die Reiter mussten ihn gefunden haben. Vielleicht waren sie nun zu spät. Er fragte sich, woher der schwarze Reiter davon wusste. War es vielleicht möglich, dass der Mann mit der Maske die Schuld am Ende der Welt trug und nicht er selbst?

„Du solltest sie aufsetzen“, sagte Phil und drückte der Nymphe die Krähenmaske ins Gesicht.

„Und was ist mit dir?“, fragte sie ihn mit undeutlicher Stimme.

Phil zuckte gelassen mit den Schultern. „Wenn ich hier sterbe“, schilderte er. „Dann kann ich das Ende der Welt nicht herbeiführen.“

„Das lasse ich nicht zu.“ Die Nymphe bewegte ihre Hand über etwas Gras im Boden und zog es nach oben. Das Grün folgte ihrer Bewegung und sie entnahm dem Gebilde etwas, das an eine Maske erinnerte. „Hier“, sprach sie und hielt ihm das Gebilde vor die Nase.

Widerstrebend sah er in ihre klaren Augen und nahm sie an. Er wusste, dass die Nymphen des Waldes eine Form von Magie beherrschten, die mit gewöhnlicher Magie nicht vergleichbar war, doch sie überraschte ihn immer wieder aufs Neue damit.

Die Schneise des Königreiches Bandor war die Stadt Sichel. Sie war Dreh-und Angelpunkt der Wirtschaft des Landes und das Herzstück der Bauern. Hierher kam man, wenn man neue Saat oder neue Nutztiere für das Leben auf dem Land benötigte. Hier tauschte man überschüssiges Hab und Gut gegen die Güter der Mitbewerber. Hier gaben sich Bauern die Hand, Händler die Waage und die Bürger ihr Gold. Wer nichts zu bieten hatte, der bot sein Handwerk an. Wer kein Handwerk beherrschte, der bot zumindest seinen Körper an. Egal wie man es anstellte, nach Sichel kam man, um zu verhandeln.

Doch diesmal war alles anders.

Der rege Menschenandrang in den Straßen und Gassen trieb die schwarze Seuche durch die Masse an Leben wie der Wind einen Buschbrand im dichten Wald voller Tannen.

Wo vor wenigen Tagen noch das Geld floss, ran rotschwarzes Blut durch die Gassen. Die sonst so beliebten Stände auf dem Marktplatz blieben leer und die Lobpreisungen der Waren und Güter verstummte gegen all das Husten und Keuchen auf den Straßen. Wenn die Unterwelt selbst einen Dreh-und Angelpunkt errichten wollte, so hatte sie diesen Drang in Sichel vollendet.

Eine junge Frau kroch über den Boden und sah ihn flehend an. Er gab ihr seine letzten Kräuter, obgleich er nicht wusste, ob die Menge noch reichen würde. Doch es war besser als einfach hinwegzusehen.

In einer Seitengasse sah er ein paar Zwerge, die auf einen Elfen am Boden einschlugen. Instinktiv stellte er sich zwischen Zwerge und Elf.

„Verschwinde, Sprosse“, brüllten ihn die Zwerge an.

Doch Phil blieb eisern. „Bei Weya. Reicht es nicht, wenn die Krankheit euch dahinrafft? Müsst ihr euch auch noch gegenseitig an die Kehle gehen?“

„Er hat uns bestohlen“, begehrte einer der Zwerge auf. „Wir kamen, um Waren an den Mann zubringen, doch in der Stadt ist nur der Tod. Gerade als wir den Weg zurück in die Berge anbrechen wollten, erwischte es einen unserer Kameraden.“

Jetzt erst sah Phil den Zwerg am Boden, sein Gesicht voller schwarzer Beulen, die Lippen dunkelrot. „Bei Weya“, entfuhr es ihm bei dem Anblick eines solch entstellten Gesichts. Maßregelnd sah er den Elf vor sich an, doch die Miene des Elfs blieb ernst und wich dem Blick des Priesters aus.

„Es ist für einen Freund“, erklärte der Elf. „Seine Gemahlin stirbt ohne die Medizin.“

Die Blicke ruhten auf ihm, sie schienen etwas von ihm zu erwarten, als solle er über das Leben eines Zwergs und das Leben eines Elfs richten.

„Er wird der Elfe helfen“, prophezeite Luz. „Er steht auf Elfenmädchen.“

„Das ist ein unmöglicher Kommentar“, tadelte ihn der Engel.

„Aber Zwerginnen sind immer so haarig.“ Er streckte angewidert die Zunge raus.

„Phil“, meldete sich Herkyna , gerührt von seiner Fürsorge und dem Drang einem jedem Leben helfen zu wollen. „Sag ihnen, ich werde ihren Freund heilen, wenn sie im Gegenzug den Elf mit der Medizin gehen lassen.“

Die kurzbeinigen Zwerge sahen einander verdutzt an. Wie sollte ein solches Blondchen ihren Kameraden vor dem sicheren Tod bewahren können?

Verärgert zog einer der Zwerge seine Axt. „Wenn das ein Trick ist, Sprosse, dann mache ich dich einen Kopf kürzer als meinen Bart.“

Gebannt sah der Elf mit an, wie sich die Nymphe über den Leib des kranken Zwerges beugte, zwischen den Pflastersteinen ein mickriges Pflänzchen ergriff und die andere Hand auf die Brust des hustenden Zwergs legte. Grünes Licht strömte aus der kleinen Pflanze in sie hinein und floss dann weiter in die Brust des kranken Zwergs. Er holte tief Luft, als erreiche er nach einem langen Tauchgang das erste Mal wieder die Oberfläche.

Herkyna riss sich die Maske vom Gesicht, atmete schwerfällig aus und ein und stützte sich erschöpft auf die Pflastersteine.

Das kleine Pflänzchen und das Bisschen Gras um sie herum zerfielen zu Asche.

Zaum Erstaunen aller Anwesenden erhob sich der genesene Zwerg und stand auf, als wäre nie etwas gewesen.

„Sie hat ihn geheilt", entfuhr es lauthals dem Elf, ehe er den Moment der Unachtsamkeit nutzte und floh.

Die Zwerge begrüßten ihren Freund mit langen und innigen Umarmungen wie einen vermissten Freund, der nach langer Zeit wieder nach Hause kam.

„Bei meinem Barte", sprach einer von ihnen. „Vergesst das Mittel. Was wir brauchen ist die große Kleine hier." Er deutete bei diesen Worten auf die Nymphe, die noch immer schnaufend am Boden lag.

„Bei Weya“, stellte sich Phil waghalsig den Zwergen in den Weg und überhörte dabei die Worte der sich sorgenden Nymphe.

„Bei Loggle, tritt zur Seite, Sprosse“, knurrte der Zwerg durch seinen Bart, in den goldene Münzen geflochten worden waren. Er gehörte scheinbar zum engeren Kreis des Königs der Zwerge.

„Lasst sie in Frieden“, beharrte Phil ohne auch nur ein Quäntchen Furcht zu zeigen. „Möge Weya euch und eure Taten bestrafen.“

„Ganz schön mutig für einen einfachen Priester“, wunderte sich der Engel.

„Es ist ja auch sein Mädchen“, erklärte ihm der Dämon.

Herkyna versuchte sich derweil auf die Beine zu stemmen, da sah sie, wie ihn einen der Zwerge zu Boden warf.

„Dann wollen wir mal sehen“, sprach der Zwerg mit den Münzen im Bart. „Ob dir deine Göttin immer noch beisteht, wenn du einen Kopf kürzer bist, Sprosse.“ Die Axt erhob sich hoch über ihm in den Himmel.

Plötzlich rammte etwas den Zwerg zur Seite und stieß ihn von ihm.

Viktor wieherte und trat einen der anderen Zwerge gegen die Wand, dass der Beton bröckelte.

Sie wollten sich dem Schimmel entgegenstellen, doch das edle Tier war mit Größe und Kraft ihnen weitaus überlegen. Sodass, als der Letzte von ihnen zu Boden fiel, sie panisch die Flucht ergriffen.

„Was für ein Pferd", begeisterte sich Gabe für den Hengst, als der Kampf endete.

„Was für eine Dummheit", sagte Herkyna und fiel Phil bei diesen Worten in die Arme. „Du hättest sterben können."

„Besser ich als du", entgegnete er.

Sie zog ihm die Maske aus dem Gesicht und küsste ihn, ohne darüber nachzudenken, was sie da eigentlich tat. Dann zog sie sich rasch zurück und wollte ihre Maske wieder aufsetzen.

Es war nur ein kurzer Moment, doch es war als stände die Zeit still. Ihre Lippen waren unaussprechlich weich und schmeckten wie Rosenblüten in einem Garten voller prachtvoll blühender Kirschbäume.

Irritiert sah er sie an, ohne etwas zu sagen. Ihr Gesicht färbte sich rot und sie wirkte verlegen, bekam kaum die Maske über den Kopf.

Da stieß der Schimmel sie an und sie fiel zurück in seine Arme.

Ein Augenblick des Seins, ohne jeglichen Denkens. Kein Grübeln, keine Reue, kein Schuldgefühl. Nur dieser eine irdische Augenblick, der ihn übermannte, ließ ihn ihre Maske senken und sie erneut küssen. Und dieses Mal hielt der Kuss viel länger an.

Während der Dämon ihn weiter anspornte, tobte der Engel außer sich durch die Luft und beschimpfte den Schimmel als Verbrecher und Hochverräter. Der Schimmel jedoch sah gelassen zu und schnaubte.

Es war der perfekte Augenblick, der ideale Zeitpunkt, auf den er nur gewartet hatte, um sie ihm zu entreißen, seiner Rache freien Lauf zu lassen und ihn durch Verzweiflung vollständig zu vernichten und in den Wahnsinn zu treiben.

Aus dem Nichts stürmte er herbei, entriss ihm die Nymphe und zerrte sie zu sich auf sein Pferd.

Morbos Augen glühten rot. Er baute sich weit über ihn zu seiner vollen Größe auf.

Die Pest lachte ihm ins Gesicht. Das sich das Schicksal derart wenden konnte, hatte nicht einmal er in seinen kühnsten Träumen erwartet. Mit einem einzigem Hauch, konnte er ihm alles nehmen. Den Glauben, die Zuversicht und die Geliebte.

Luz war von dem diabolischen Auftritt fassungslos.

Phil versuchte sie zu ergreifen und streckte die Hand nach ihr aus, doch Morbo ließ ihn nicht nah genug herankommen und umkreiste ihn.

Pestilenz lachte bei den kläglichen Versuchen der Nymphe sich mit ihrer Naturmagie zu befreien, doch sie war bereits zu erschöpft von der Heilung des Zwergs.

Mit einer ächzenden Lache, die mit keiner Lache zu vergleichen war, die er jemals vernommen hatte, riss er ihr die Maske aus der Hand und warf sie Phil vor die Füße. „Hatte ich sie nicht dir gegeben und nicht diesem Mädchen?“

Phil dachte verdutzt nach. Woher konnte der Reiter die Sache mit der Maske wissen?

Die Pest zog den Schnabel hoch und hustete Herkyna ins Gesicht. „Oft reicht ein kleiner Husten, um eine ganze Welt zu zerstören“, sprach die Pest.

Phil konnte sein Gesicht unter der Kapuze nicht sehen, entdeckte jedoch ein schwarzes Paar Lippen im Schatten. War der Reiter etwa ein Mensch?

Beulen und Flecken zeichneten sich auf das sonst so makellose Antlitz der Waldnymphe und sie begann zu husten, als er sie achtlos auf den Boden warf. „Du weißt, wer ich bin", sprach der Reiter und zog die Kapuze herab.

Ein Sturm aus tosendem Donner voller Furcht, Angst und Schuldgefühl durchwehte ihn, als er sein Gesicht sehen konnte.

„Du erinnerst dich", entnahm Pestilenz hauchend seinem entsetztem Gesichtsausdruck. „Wie sehr habe ich dich gehasst für das, was du mir angetan hast. Gäbe es die Götter", erklärte die Pest. „Dann würde ich sie ebenso hassen, dafür, dass sie dich zu mir gesandt haben."

„Ich hatte versucht, sie von dem Bösen zu befreien", widersprach Phil.

„Sei still!", schrie ihn der Reiter an und verfiel in ein Husten. Das Sprechen fiel ihm sichtlich schwer. „So sehr wünschte ich mir, ich hätte dich niemals bei mir aufgenommen. Du hättest im Meer ertrinken sollen." Er zeigte mit einem Finger voller Pestbeulen auf ihn. „Du hast mir meine Welt genommen und deshalb nehme ich dir nun Deine."

Herkyna hustete Blut aus dem Mund.

„Denn den Tod", sprach die Pest. „Den Tod hast du nicht verdient." Mit diesen Worten sprang der Reiter lachend zurück in den Riss aus Raum und Zeit. Sein ächzendes Gelächter war noch eine ganze Weile lang zu hören.

„Das ist furchtbar", empörte sich der Engel.

„Es ist so diabolisch", stimmte ihm der Dämon zu und wollte etwas hinzufügen. Dann jedoch sah er eine Träne in Phils Augen und sprach jedoch: „Du musst sie retten." Er wollte noch etwas hinzufügen, etwas, das selbst er für unpassend hielt und schwieg.

„Das kann ich nicht", antwortete ihm Phil und hielt die Nymphe hilflos in seinen Armen. „Es ist tatsächlich alles meine Schuld", sagte er zu ihr. Jetzt machte es alles einen Sinn für ihn. Allein wegen ihm war die Frau des Arztes, der ihm sein Leben rettete, verstorben und seine Verzweiflung und sein Hass machten aus ihm nicht nur einen der apokalyptischen Reiter, er rief auch die Anderen und damit auch das Ende der Welt herbei. Wäre er nicht so hochmütig und selbstverliebt gewesen zu glauben, er hätte einfach so den Dämon aus seiner kranken

Frau treiben können, dann wäre all das nie passiert. Jetzt wusste er, warum Weya ihn so sehr bestrafte.

Herkyna hustete und versuchte den Kopf zu schütteln, es war jedoch zu spät.

Die Hoffnung entwich aus ihm mit einem lauten Seufzen.

Viktor stieß ihm von hinten an die Schulter.

Viktor, dachte er. Dann begriff er. Sie durfte hier nicht sterben, sie war eine Nymphe des Waldes und nur dort sollte sie sterben, wenn sie denn sterben musste.

Behutsam legte er sie auf das Pferd und setzte sich an die Zügel.

Gabe und Luz sahen einander verwundert an. Von seiner Angst war nichts zu sehen, wie er stolz und zielstrebig den Hengst bestieg und ihm anwies in den Wald zu reiten.

Mit gesenktem Haupt trat der junge König in den Raum, in dem sein Berater auf ihn wartete.

Er hasste ihn aus seinem tiefsten Inneren. Wie er bereits im Sessel saß und auf ihn wartete. Die Beine weit auseinander und den Rücken weit in die Lehne gelegt. Dazu noch dieser Befehlston. Er sprach stets viel zu laut, als brüllte er ihn und jeden um ihn herum an. Niemand traute sich ihm zu widersprechen. Er hasste auch seine feuerroten Haare, die ebenso wie sein rotes Pferd direkt aus der brennenden Unterwelt kommen mussten. Womöglich stammte nicht nur das Pferd und seine Frisur aus den Tiefen.

Plutos saß ungeduldig vor einer großen Tafel und stand langsam auf als er den Jungen sah. Er sah ihn nicht einmal an, als er ihn begrüßte. „Du weißt, warum du hier bist?“, brüllte er.

Theo schüttelte schwach den Kopf.

„Weil es an der Zeit ist, dass du dich wie ein König benimmst. Mit allem was dazugehört. Verantwortung, Pflichtbewusstsein und Selbstverwirklichung!“ Er trat bei diesen Worten auf den Jungen zu und hob sein Kinn hoch, damit er ihn ansah. Als der Knabe den Kopf wieder fallen ließ, verpasste er ihm eine schallende Ohrfeige, deren Schmerz noch lange anhielt. „Ich weiß, dass du deinen Vater immer dafür gehasst hast, dass er dich schlug“, schilderte er und sah wie der Bursche wie angewurzelt stehen blieb. „Jetzt verstehe ich warum“, sprach Plutos. „Agaran war ein Herrscher, wie die Welt ihn brauchte.“ Er zeigte auf die Tafel, auf der sich eine

Karte von Tagalan befand. „Wenn du nicht willst, dass es sich wiederholt, solltest du einiges über Politik lernen!“

Theo sah zur Karte herüber. Neben Bergen und Wäldern entdeckte er auch kleine Figuren mit denen er spielen wollte. In der Mitte von Bandor entdeckte er das Stadion und freute sich auf den Fußball.

„Du magst Fußball, nicht wahr?“, brüllte Plutos, nachdem er dem Blicken des Jungen gefolgt war.

Der kleine König war sich nicht sicher ob er nicken durfte, entschied sich dann jedoch es dennoch zu tun, zumindest ganz leicht.

„Das kannst du auch, wenn alles vorbei ist“, sprach der Berater mit ruhiger Stimme, sodass der Knabe ihn erwartungsvoll ansah. „Genau wie das Stadion, musst du auch dein Königreich aufbauen, um darin spielen zu können. Wenn du das nicht tust, wird dein Volk zu arm sein, um Fußball spielen zu können.“

„Man braucht kein Gold, um einen Ball zu kicken“, widersprach Theo und erhielt für diese Dreistigkeit eine Ohrfeige.

„Siehst du, wie klein dein Königreich ist?“, fragte der kräftige Mann. „Alle Minen und Steinbrüche gehörten einmal dazu, jetzt gehören sie dem Königreich Bandor! Wenn du also ein starkes Reich, voller Fußball meinetwegen, aufbauen willst, dann solltest du diese Gebiete zurückerobern und deine Armeen dorthin entsenden!“ Plutos schob ein paar der Figuren über die Karte. „Beduin ist schwach“, sagte er dabei. „Er wird sie nicht verteidigen können, genau wie zu Agarans Herrschaft. Es wird also niemandem etwas passieren!“ Er stellte sich vor den Jungen und hob die Hand gegen ihn. „Verstehst du das?“, fragte er.

Theo nickte.

„Im Osten“, erklärte daraufhin Plutos weiter, der Karte wieder zugewandt. „Wächst zudem eine neue Bedrohung für Utai heran!“ Er fuhr fort nachdem er sich vergewissert hatte, dass der Junge ihn ansah. „Die Elfen rotten sich zusammen! Den Sumpf haben sie bereits erobert und gerade in diesem Moment rufen sie zur Schlacht an der Küste auf! Wenn sie dort siegen sollten, werden sie Utai angreifen!“

„Das ist mir egal“, sprach der Junge ohne nachzudenken. Dann jedoch kniff er die Augen zusammen und rechnete mit einem weiteren Schlag.

Diesmal schlug Plutos ihn nicht, sondern sagte: „Die Herrscherin der Elfen ist grausam! Sie hat deinen Vater ermordet!“

Theo zog emotionslos die Schultern hoch.

Dann schlug er ihn und der Junge stürzte dabei auf den Teppichboden. „Wärst du nur halb so blutrünstig wie er…“, entfuhr es ihm, dann versuchte er es auf eine andere Art. „Sie werden dir dein Stadion wegnehmen, denn die Elfen hassen Fußball mehr als alles andere! Für sie ist es nur eine sinnlose Erfindung der Menschheit!“

Theo warf nachdenklich einen Blick auf die Karte. Das Königreich Bandor war ebenso groß wie Utai, der Sumpf, östlich der Berge, war nur sehr klein und der Wald und die Küste im Osten waren noch kleiner. Südlich von ihnen lag ein größeres Gebiet, von dem er noch nie etwas gehört hatte, warum sollten dann ausgerechnet diese kleinen Gebiete eine Gefahr darstellen? Er traute sich nicht danach zu fragen und beschloss lieber zu schweigen.

Plutos sah seine Blicke und das Zögern darin. Er brüllte: „Du wirst also gleich ein paar der Botschafter nach Westen senden, damit sie sich auf den Angriff vorbereiten und wir uns das nehmen können, was uns gehört!“ Er hielt dabei die Hand vor das Gesicht des Jungen. „Wir brauchen diese Ressourcen! Hast du das verstanden?“

Der Junge nickte.

Wenn eine Nymphe die Welt der Sterblichen verließ, so wurde sie zu einem Teil dessen, dem sie ihr Dasein gewidmet hatte.

Phil war der festen Überzeugung, aus Herkyna würde der größte und prächtigste Baum des Waldes sprießen. Deshalb hatte er sie dort hingebracht, wo er sie zum ersten Mal hat tanzen und singen sehen.

Vor einem der kräftigsten Bäume bettete er sie zwischen Wurzeln, Blumen und Gras. Hier, direkt neben dem Baum, den sie ihre Mutter genannt hatte, sollte sie selbst Teil des Waldes werden.

Gabe putzte die Nase in ein Taschentuch, welches der Dämon ihm gegeben hatte. Sein Gesicht färbte sich schlagartig blau.

Dem Dämon verging das Lachen rasch, als die Nymphe sich mit ihren letzten Worten bei Phil bedankte.

Ohne darüber nachzudenken, gab er ihr einen letzten Kuss und betete zu Weya, ihrer Seele gnädig zu sein.

Grünes Licht umhüllte sie bei ihrer Verwandlung wie einen Kokon. Es war ein reines, klares Grün, in dem Phil etwas weißes Licht zu sehen glaubte. Vielleicht hatte Weya ihn erhört und empfing so die Seele der Sterbenden in ihrem Namen.

Das Licht breitete sich aus, kroch über das Gras und floss in den großen Baum hinter ihr. Der Hauch des Lebens strömte aus den sie umgebenden Lebewesen und floss in sie hinein. Alles, was das Licht berührte, verlor augenscheinlich seinen Lebenssaft und zerfiel zu Asche. Auch der Baum, der ihre Mutter war, opferte sich, damit sie einen weiteren Atemzug zu sich nehmen konnte.

Wie durch ein Wunder sprang sie auf, stürzte sich in seine Arme und küsste ihn.

Noch ehe er merkte wie ihm geschah, gestand sie ihm ihre Liebe und verbot ihm jeglichen Widerspruch.

Sie fielen ins Gras, welches nicht dem Licht zum Opfer gefallen war und die Bäume um sie herum blühten und streuten ihre bunten Blütenblätter auf sie herab.

Gabe hielt Luz die Augen zu, während die beiden einander liebten.

Der Wald um sie herum bejubelte und bejahte ihre Zusammenkunft, ließ Blumen und Gräser sprießen, Sträucher rascheln und lockte die Tiere des Waldes an, die sich um sie herum versammelten. Bei dieser immensen emotionalen Entladung, wurde alles Verdorbene und alles Endliche durch ihren Bann aus der Heimat der Nymphe verdrängt und selbst der große Baum füllte sich wieder mit Leben.

Die Zeit strich über den Wald und tauchte in das kühle Nass des Sees. Erfreute sich am Leben der Fische, tauchte wieder empor, stieg in die Bäume hinauf und streichelte die trillernden Vögel, als lobe sie ihren frohlockenden Gesang.

Der Wind blies zärtlich in die Kronen der Bäume, pflückte ihre Blüten und legte sie sanft auf den Boden, in dem ihre Wurzeln sprossen.

Das Gras nahm die zärtliche Berührung war und hielt die Blüten fest, ehe der Wind sie wieder entriss.

Irgendwann legte sich in Phil das Gefühl, unter ihrer Haut zu verbrennen. Und sie lagen nur noch so am Ufer des Sees dar und spiegelten ihre sorglosen Blicke.

Er wollte etwas fragen, doch sie verbot ihm zu sprechen.

Inmitten so viel Lebens versicherte sie ihm, dass sie sie stoppen würden und dass es nicht seine Schuld war, dass der Arzt seine Seele an den Tod verschrieben hatte, um die Leere in seinem Herzen wieder füllen zu können.

Sie Nahm seine Hand und führte ihn zum Schimmel. „Du hast ihn für mich geritten, nicht wahr?“, sie strahlte bei diesen Worten.

Phil nickte schwach.

„Dann tue es noch einmal“, sprach sie.

Dann stiegen sie auf und sie ritten gemeinsam durch den Wald.

Teglas lehnte den Vorwurf, er führe C'Tusk in den sicheren Untergang, vehement ab. „Es ist weder meine noch die Schuld eines anderen, dass es keine essbare Beute im Sumpf zu erjagen gibt“, sprach er zu den anderen Ratsmitgliedern. Sie warfen ihm die Flucht der Herrscherin über die Erfs aus der Gemeinschaft der Diesseitigen vor und ebenso das eingegangene Bündnis, obschon die Mehrheit des Rates dafür gestimmt hatte und die Gesetze C'Tusks jegliche Beschlüsse des Rates als unanfechtbar und unumstößlich beschrieben. Er sorgte sich jedoch weniger um den Verstoß oder den Frust der anderen Ratsmitglieder, sondern war mit seinen Gedanken bei seiner im Sterben liegenden Athele, die plötzlich an der schwarzen Krankheit erkrankt war. Er hoffte, sein Gesandter hatte die Stadt Sichel erreicht und dort eines der berüchtigten Gegenmittel erhalten können. Es war riskant, doch er vertraute der Medizin der Menschen mehr, als den eigenen Heilern im Sumpf. Daher hatte er den Elfen unbemerkt aus dem Sumpf schleusen lassen. Seine Wahl traf dabei einen der weniger populären Elfen in C'Tusk, sodass sein Verschwinden bisher nicht aufgefallen war. In gewisser Weise waren die Aussagen der anderen Mitglieder durchaus berechtigt, denn er hatte ihn nicht nur den Sumpf verlassen lassen, sondern ihn auch in die wohl stärkste Handelsstadt Bandors entsandt. Doch es war notwendig, ehe der schwarze Tod ihn und seine Geliebte für immer trennen würde.

„Die Regeln sind das Gesetz von C'Tusk“, sprach der Fünfte als habe er seine Gedanken gelesen.

„Wir hätten das Bündnis niemals akzeptieren dürfen“, warnte sie der Sechste.

„Und doch ist die Entscheidung bereits gefallen und wir müssen nun eine neue Entscheidung treffen“, ermahnte sie der Dritte. „Tod durch Hunger oder Tod in der Schlacht…“

„Ein Feldzug gegen das Volk im Osten ist reiner Selbstmord“, warnte sie der Fünfte.

„Wir haben das Bündnis akzeptiert und müssen ihm folgen“, versuchte es Teglas erneut. „Wenn wir der Bitte nicht nachkommen und keine Krieger zu den Erfs entsenden, wird sie uns vernichten, wie sie es mit der Ostküste beabsichtigt und das nicht unbedingt durch rohe Gewalt. Sie hat den Ruf äußerst abscheulich zu sein, sie würde uns hier schlichtweg verhungern lassen.“

„Wir stimmen also ab“, entschied der Zwerg.

Ohne Athele bestand der Rat nur aus sechs Stimmen natürlich waren der Fünfte und Sechste gegen die Entsendung der Soldaten, die Übrigen jedoch standen auf seiner Seite, demnach war der Beschluss also besiegelt.

Keinen Augenblick zu früh brachten ein paar Wachen einen Elfen vor den Rat und stießen ihn zu Boden, damit er vor den Mächtigen niederkniete.

Teglas erkannte ihn sofort.

„Er ist zurückgekommen“, wunderte sich der Fünfte.

„Die Wachen fanden ihn bei der Rückkehr in den Sumpf am Ufer der Berge. Wie war es ihm überhaupt möglich C'Tusk zu verlassen?“, fasste der Sechste seine Informationen zusammen.

Der Elf gestand verwundert, dass ihn einer der Ratsmitglieder nach Sichel entsandte. Auf die Frage wer derjenige gewesen sein soll, deutete er auf Teglas. Woraufhin ihn alle ansahen.

„Weshalb“, fragte ihn der Zwerg. Dass es ein Mittel gegen die Schmerzen seiner Frau war, schien nicht einmal ihn zu interessieren. Es war Hochverrat und er wusste darauf stand in C'Tusk die Todesstrafe.

„Ich sah eine Frau und einen Priester“, versuchte der Bote die unangenehme Stille zu vertreiben. „Eine blonde Frau heilte mit ihrer Magie einen Zwerg vor meinen Augen, ohne sie wäre er sicher gestorben.“

Der Zwerg zog die Brauen angespannt hoch. „Du bist Zwergen begegnet? Haben sie dich erkannt?“

Der Elf verneinte.

„Hat irgendjemand dich erkannt“, fragte der Dritte weiter.

Wieder verneinte der Elf.

Eine Diskussion brach aus, in der die Ratsmitglieder wild und immer lauter werdend durcheinander sprachen. Es dauerte bis sie schließlich abstimmten. Aufgrund des Verstoßes war die Teilnahme Teglas an dieser Abstimmung untersagt, die Schuld galt ganz offensichtlich ihm.

Der Fünfte und der Sechste waren für seine Hinrichtung, die Übrigen waren zu seiner Erleichterung jedoch dagegen. Es war ein knappes Ergebnis und mit der Stimme von Athele wäre es wohl einschlägiger gewesen. Einig war sich der Rat jedoch in einer anderen Form der Bestrafung. Diese blonde Frau mit ihren heilenden Kräften war für C'Tusk überlebenswichtig und nicht nur das. Es war möglich, dass sie die Gelegenheit war, den Erfs etwas entgegensetzen zu können. Es war seine Aufgabe diese Heilerin zu finden und sie nach C'Tusk zu bringen. Erst danach würden sie entscheiden, ob er sich dem Rat der Sieben wieder anschließen darf.

Das Leben des Boten wurde verschont, denn er war nur sein Opfer gewesen und leistete letztlich durch seine Unauffälligkeit und der Aussage über die Heilerin einen wichtigen Beitrag für das Leben im Sumpf.

Die Tagung des Rates wurde aufgelöst, es galt nun die Soldaten für die Überführung in den Wald vorzubereiten.

Der Blick, den der Zwerg ihm zum Abschied zu warf, war viel sagend. Er glaubte darin seine Enttäuschung zu sehen. Er kannte ihn gut. Gut genug, um zu wissen, dass er nicht nur enttäuscht war, dass er gegen die Regeln des Rats verstoßen hatte, sondern auch, dass er kein Vertrauen in die Heiler der Diesseitigen hatte.

III

„Fressen ihn die Raben!“

Das tosende Meer verspottete sie mit seinem Rauschen und griff ihre Nase mit einem einzigartigen Duft von altem Fisch und einem Hauch von Salz, das sich auf ihrem Gaumen niederlegte, an. Die Küste war kein Ort für einen Elfen. Elfen gehörten an Land, genauer gesagt, gehörten sie in den Wald. Dafür waren sie geboren. Was auch immer sich in den Weiten des Meeres befand, es war nicht die Aufgabe der Elfen sich damit auseinander zu setzen.

Die Weiten des Meeres waren voller Leben, Abenteuer und auch Gefahren. Hier ließen sich eine Unmenge an Nahrung erbeuten und das geschah auch, allerdings weder von den Elfen noch von den Menschen.

Ein für Elfen nicht vorgesehener Ort wurde von sonderbaren Bewohnern regiert, die man in Tagalan nur als Amphibianer kannte.

Amphibianer waren Mischwesen aus den Bewohnern des Meeres und den Elfen. Sie entstanden in einer Zeit in der sich die Elfen noch der Küste näherten. Die Magie der Elfen und die Frucht des Meeres erschufen etwas einzigartiges, das in Vergessenheit geriet. Über die Amphibianer war wenig bekannt, sie waren scheu und überaus intelligent. Unter allen Völkern Tagalans waren sie das fortschrittlichste und überragende Volk. Sie beherrschten Wissenschaft, Magie und eigenartige Apparaturen. Oft hatte man in der Geschichte Tagalans versucht, an ihr Wissen zu gelangen, aber die Amphibianer kämpften nicht nur für ihre Unabhängigkeit, sie waren auch stets den anderen Völkern überlegen. Weder Gier noch Neugierde ließen sie ihre Heimat an der nährstoffreichen Küste verlassen. Eindringlinge wehrten sie so grausam ab, dass sie in Vergessenheit geraten waren. Niemand hatte ihr Reich jemals betreten und niemand der Amphibianer hatte es jemals verlassen. In ihrer Festung auf und am Ufer des Meeres, entwickelten sie effiziente Bauwerke, um die Früchte des Meeres ernten zu können, so erzählte man sich. Denn sie zu belagern war nie von Erfolg gekrönt worden. Auch das gewaltige Heer Agarans war nicht in ihre

Festung eingedrungen, stattdessen musste Agaran sich an der Festung die Zähne ausgebissen haben.

Sie ritt auf einer schwarzen Geflügelten Kreatur, die sie Boo nannte und sah mit knurrendem Magen auf ihr buntes Heer am Strand herab. Sie erspähte darunter nicht nur Menschen und Zwerge, sondern auch ein paar der Zentauren und ballte wütend die Fäuste. Dann wendete sie sich ab und gab den Waldläufern hinter ihr ihre Befehle. Erst danach rief sie zu ihrem Heer herab, damit ihre Bauern im Spiel den ersten Angriff einleiteten.

Sie wusste, es musste schnell gehen und ohne zu zögern, solange das Überraschungsmoment noch auf ihrer Seite lag.

Lolote ertappte sich bei dem Gedanken, wie nahe er seiner Heimat war. Wenn er schnell genug rannte, konnte er noch am selben Tag seine Frau und Kinder wiedersehen.

Ebony stieß ihn versehentlich an und riss ihn damit aus seinen Gedanken.

Er lächelte sie an. Sie war ebenso tollpatschig aber auch hübsch wie ihre Mutter. Wieder erwischte er sich beim Denken, ehe in ihm die Wut aufkam. Es gelang ihr bei der Jagd nur mühsam den Bogen zu spannen und ein Ziel zu fixieren. Warum hatte der Rat auch sie mit in die Schlacht gesendet? War sie ihnen denn nichts wert? Die Kleine gehörte hier nicht hin. Er sah das besorgte Gesicht ihrer Mutter und wusste, er konnte sie nicht im Stich lassen. Ohne ihn würden die Beiden hier und an diesem Tag mit Sicherheit ihr Leben verlieren.

Er zog den Beiden das Kettengewand zurecht, welches er für sie hat anfertigen lassen, um auch ihren anders geformten Unterleib zu schützen. Perry lächelte ihn dabei an.

Einer der Soldaten tippte ihm auf die Schulter. „Jetzt weiß ich wieder, wer du bist“, grüßte ihn der Elf etwas verlegen. „Das mit deiner Familie tut mir leid.“

Er fragte noch einmal nach, weil der Elf eine schwer verständliche Aussprache hatte.

„Dann weißt du es noch nicht?“, wunderte sich der Elf. „Sie es haben nicht geschafft.“

„Was heißt sie haben es nicht geschafft?“, begehrte er auf und drohte ihm Prügel an, wenn er sich einen Spaß daraus machte.

„Sie sind verhungert", erzählte der Elf nüchtern. „Das Essen ging uns aus und die Herrin entschied, dass die letzten Rationen für die Soldaten waren, sie seien wichtiger."

Das konnte unmöglich war sein. Seine Frau und Kinder mussten sterben, weil er nicht bei ihnen war? Weil sie ihn in den Sumpf verbannt hatte und ihre letzten Vorräte einsetzte, um ein Heer zusammenzustellen das in den Osten zog? Das würde sie ihm büßen!

Perry legte stumm ihre Hand auf seine Schultern und traute sich nicht ihm ihr Mitgefühl auszusprechen. Unter allen Elfen hatte er so etwas am allerwenigsten verdient.

Er stieß ihre Hand von seiner Schulter und starrte sie mit finsterem Blick an. „Versprich mir eins", presste er zwischen den Zähnen hervor. „Wenn das hier vorbei ist, musst du mir helfen sie zu rächen!"

Sie nickte, da sie sich nicht traute etwas zu sagen. Am liebsten hätte sie ihn tröstend in die Arme genommen, traute sich jedoch nicht.

Das Kriegshorn erklang und hallte noch über die Dünen, während sich die Masse in Bewegung setzte.

Sie waren Teil der Front, die das Bauwerk stürmen sollte. Die Menge an Soldaten schob sie in eben diese Richtung.

Wölfe heulten und rannen an ihnen vorbei. Pfeile und Speere flogen über die Mauern, um wahllos wen oder was sich dahinter oder darauf befand zu erstechen. Mit Baumstämmen rammten sie gegen die Tore über denen froschähnliche Kreaturen hockten und Teer auf die Angreifer herab gossen. Dann zündeten sie es an und viele der Angreifer verbrannten in qualvollem Geschrei.

Dann ertönte das Horn ein weiteres Mal und einige Elfen flogen auf Chimären über die Mauern hinweg, um mit den scharfen Klauen ihrer Reittiere die Mischwesen hinter dem Bauwerk zu packen und sie aus nächster Höhe in die Tiefen stürzen zu lassen. Einige der Wesen trugen Glaskugeln mit Wasser gefüllt auf ihren Köpfen, die beim Aufprall zerbarsten und sie so, sofern sie den Aufprall überlebten, an der frischen Luft erstickten.

Es gelang dem Heer die Tore zu öffnen, doch statt einzumarschieren, warfen sich ihnen quietschende und mahlende Apparaturen aus dem Inneren entgegen.

Golems, Riesen aus Lehm und Ton stampften auf die Angreifer zu, unaufhaltsam und erbarmungslos zermalmten sie Elfen, Zwerge, Menschen und Zentauren unter ihrem Gewicht. Selbst die Wölfe waren gegen diese Steinriesen machtlos und bissen sich die Zähne an ihnen aus.

Perry rief nach ihm in der tosenden Menge.

Er rannte augenblicklich los, warf sich das Schlimmste erahnend gegen den Strom aus Soldaten und stieß jeden von ihnen aus dem Weg, der dabei seinen Weg kreuzte. Er wich einer der Chimären aus, die dicht neben ihm aus dem Himmel stürzte und von Pfeilen durchlöchert aufschlug.

Perrys entsetzliche Schreie fuhren ihm durch Mark und Bein und erinnerten ihn an Schreie, wie sie Muttertiere von sich gaben, wenn etwas ihre Jungen angriff. Und er sollte recht behalten.

Einer der Golems hämmerte erbarmungslos auf die kleine Ebony ein, während Perry versuchte ihn aufzuhalten, doch ihr Speer hinterließ nicht einmal einen Kratzer auf der steinernen Haut.

Lolote sprang dem kalten Ton auf den Rücken und hielt mit seinen Händen die bläulich leuchtenden Augen der Apparatur geschlossen, sodass das

Wesen nicht sehen konnte, wohin es mit seinen gewaltigen Fäusten schlug. Bei dem Versuch seinen Reiter abzuwerfen, stach er dem Golem mit dem Schwert in seine leuchtenden Augen und hörte, wie etwas aus Glas darin zerbrach. Der Golem erschlaffte und stürzte leblos zu Boden.

Perry weinte bitterlich um ihre Tochter, die völlig zerschlagen in ihren Armen lag und unaufhaltsam blutete.

Mit diesem grauenvollen Bild vor Augen, warf er sich erneut vor, wieder nicht für die dagewesen zu sein, die ihn brauchten. Unschuldige mussten ihr Leben lassen und die Schuld daran hatte alleine sie. Sie musste dafür büßen.

Widerstrebend zog er die weinende Zentaurin aus der Menge der Kämpfenden zurück und begab sich mit ihr an den Rand der Schlacht, wo er die größeren Überlebenschancen für sie zu finden glaubte.

Derweil bemerkten die übrigen Soldaten, was er mit dem Golem angestellt hatte und nahmen es als Beispiel Herr über diese Apparaturen zu werden. Einen nach dem anderen gelang es ihnen einen der Golems auszuschalten, bis sie schließlich den Weg hinter die Mauern freilegten, wo die Mischwesen auf sie warteten. Die Schlacht war noch lange vorbei, doch sie weniger grausam, da sie nun Schwert an Schwert gegen Wesen kämpften, die an Frösche, Lurche und Fische erinnerten. Besonders die Wölfe machten sich an ihnen zu schaffen und rissen sie in Stücke. Für ihre dampfenden Apparaturen gab es im Inneren ihres Bauwerks kaum Platz um auszuscheren. Schließlich wurden sie von den Chimären und Soldaten mit Felsbrocken zertrümmert.

Beide Seiten verloren unzählige ihrer Mitstreiter, doch irgendwann gelang der Herrin das, was noch keinem Herrscher vor ihr gelang und die Erfs siegten entgegen aller Erwartungen gegen die Amphibianer. Die Überlebenden unter ihnen ließ sie in Ketten legen und verschonte ihr Leben, denn sie benötigte sie und ihr Wissen für sich und ihr Volk.

Herkyna himmelte ihren Helden gerade zu an, wie er mit ihr hoch zu Ross ritt und stolz vor ihr saß. Er hatte sie nicht nur gerettet, er hatte sogar seine Ängste für sie überwunden. Mehr noch, er war fest entschlossen zu handeln und er war der festen Überzeugung, das einzig Richtige zu tun. Die Pestilenz war ein Mensch, dann konnte sie auch sterben wie ein Mensch, da waren sich die Beiden sicher.

„Hör zu Phil“, maßregelte ihn Gabe. „Schlimm genug, dass du sie angefasst hast, du musst nicht auch noch einen der Reiter angreifen wollen.“

Luz pflichtete ihm bei. „Ausnahmsweise hat der Engel hier mal recht“, sprach der Dämon. „Zumindest bei der Sache mit dem Reiter. Du sollst mit ihnen reiten und nicht sie bekämpfen!“

„Du gefährdest unsere Mission“, fügte der Engel hilflos hinzu.

Doch Phil antwortete nicht, das Ende der Welt konnte niemals der Wille der Götter sein. Das es der Wille der Dämonen sein könnte, war glaubhaft, aber was den himmlischen Teil betraf, war es für ihn nicht nur nicht nachvollziehbar, es war völlig ausgeschlossen.

Viktor ritt durch die Straßen und Gassen von Sichel, vorbei an hustenden Gestalten und leblosen Menschenmassen, bis sie ihn schließlich erreichten.

Pest warf eine Frau zu Boden, aus deren leblosen Händen ein Stück Glas rollte und auf dem kalten Stein zersprang.

Phil erkannte sie und das Gefäß sofort wieder, es war die Frau aus der Gasse gewesen, der er ihr seine letzte Medizin gegeben hatte. Der Arzt tat es mit Absicht, er wollte ihn leiden lassen. Das hatte er nun verstanden.

„Bei Weya", rief Phil ihm zu. „Deine Tyrannei hat nun ein Ende!"

Morbo drehte sich mit funkelnden Augen um und präsentierte ihnen die lachende Pestilenz auf ihm. „Du kannst es nicht aufhalten", keuchte der Reiter.

„Und ob er es kann", widersprach Herkyna und beschwor Ranken aus Efeu und Gras, die sich um Pferd und Reiter rankten, sie fesselten und auf die Erde niederdrücken sollten. Sie zerrte ihn damit vom Pferd und drückte ihn fest auf den Boden, leicht über ihn gebeugt fügte sie hinzu: „Weil du nichts weiter als Abschaum bist!"

Phil nahm den Dolch aus seinem Gewand. Einen Moment lang sah er ihn an und erinnerte sich an ihre Worte. Er sollte ihn nutzen, wenn er ihn brauchte und jetzt brauchte er ihn. Er verstand es sogar, er, der jede Form von Gewalt ablehnte, verstand nun, dass manchmal Gewalt notwendig war. So wie sie es zu ihm sagte, als er ihr Geschenk ablehnen wollte.

Phil kniete sich neben ihn und nahm eines seiner Kreuze aus der Tasche, legte es ihm um und bat um Vergebung für den Reiter. Er nahm dem Arzt die Maske vom Gesicht und sah ihm mit festem Blick an. „Es war nicht meine Schuld", sagte er.

„Und ob es deine Schuld war", hustete die Pest mit dem Efeu ringend.

Dann stach er zu und sprach: „Ich habe ihr versucht zu helfen, so wie ich dir nun helfe, deinen Frieden zu finden. Möge Weya deiner Seele gnädig sein."

Pest hustete, keuchte und wehrte sich gegen die Ranken, doch als der Dolch in seine Brust eindrang, schrie er laut auf bis sein Schreien schließlich verstummte.

Luz und Gabe versuchten verzweifelt die Ranken anzuheben und Pferd und Reiter zu befreien, doch als er unter den Händen des ersten Reiters starb, sahen sie, wie sinnlos ihre Bemühungen waren.

Phil bat Weya um Vergebung für den Reiter, aber auch für ihn selbst. Er kniete eine ganze Weile neben ihm, bis ihn jemand von oben herab an sprach.

„Verzeiht mir meine Verspätung", sprach der Tod zu den Anwesenden. „Ich war beschäftigt und wollte irgendwie nicht die Stimmung versauen." Er schnitt die Seele aus dem Körper der Verstorbenen und entschuldigte sich bei ihr ebenfalls. Sie sah ihn nur fragend an, ehe sie ihre Reise ins Jenseits antrat.

Dann wandte sich der Tod dem schwarzen Reiter zu und hob mit einer Handbewegung seinen Geist aus ihr hervor. „Ich hatte ursprünglich eine Rede für diesen Augenblick vorbereitet", sprach er zu ihm. „Doch ich habe sie vergessen."

„Du hast es mir versprochen!", begehrte der Arzt auf.

Tod schüttelte den Kopf. „Das Ende der Welt, nicht aber die Unsterblichkeit."

„Du Lügner!", schimpfte ihn der Geist.

„Nein, selbst ich kann mich nicht gegen das Schicksal wehren." Er schnitt ihn aus der Welt der Lebenden und deutete ihm den Weg. „Ich frage mich, wenn du gewusst hättest, wie kurz deine Mitgliedschaft in unseren Reihen sein würde, hättest du trotzdem mitmachen wollen?"

Der Geist des Arztes löste sich langsam auf.

Tod löste mit einer Drehung des Handgelenks die Ranken des Pferds und sandte Morbo zurück in die Welt der Schatten. „Keine Sorge", waren die letzte

Worte zur endenden Pest. „Ich werde mich gut um Morbo kümmern. Er bekommt einen extra großen Ballen Heu und einen warmen Stellplatz im Stall der Schatten."

Herkyna klammerte sich fest an Phil, der mit blutendem Dolch gegen den Tod antrat.

Gladis wieherte, ehe der Tod zu ihm sprach: „Mich kannst du wirklich nicht töten. Dieser Mann war nur ein Mensch, ich bin ich es nicht. Du kannst auch nicht das Ende der Welt aufhalten, wenn die Übrigen reiten und sie reiten bereits. Das Schicksal ist unumstößlich." Mit diesen Worten verschwand der Tod und ließ sie allein zurück.

„Er hätte ihn mitnehmen sollen", seufzte Luz. „Unsere Bosse werden ziemlich wütend sein über das, was hier gerade passiert ist."

„Nicht nur deswegen", sagte Gabe und sah zu wie sich die Beiden küssten.

„Er war einer der Besten", sprach Hunger mit schwacher Stimme sein Beileid über den Tod der Pest aus.

„Er war ja auch einer von uns", herrschte der Krieg.

„Und doch ist er von uns gegangen“, erklärte der Tod.

„Durch ihn“, brüllte der Krieg und schreckte selbst Bella damit auf. Beruhigend strich er ihr über die Seite. „Nicht du“, sagte er sanft. „Du bist eine gute Stute.“ Nachdem Bella beruhigt schnaubte, fügte er knurrend hinzu: „Begreift ihr es jetzt? Er ist eine Gefahr für uns.“

„Nein“, lehnte Tod ab. „Auch er kann das Schicksal nicht hintergehen.“

„Er war ein guter Reiter“, schluchzte Hunger, er hatte gerne mit ihm zusammengearbeitet. Es war als sei seine Gabe wie ein Beifall für die Hungersnot auf Tagalan.

Tod stimmte ihm zu. „Er hat einiges für uns und die Nacht ohne Morgen getan, doch jetzt ist es umso wichtiger noch intensiver vorzugehen.“ Als ihn der dürre Reiter fragend ansah, sprach er: „Ich sehe noch immer die Bauern auf den Feldern arbeiten. Findest du nicht, jetzt wo ihre Tiere nicht mehr weiter erkranken, solltest du dich mehr um die Feldarbeit sorgen?“

„Eine Sense steht mir nicht“, lehnte Hunger ab.

„Du sollst ihnen nicht auf dem Acker helfen", erklärte Tod. „Du sollst den Boden verderben und die Früchte verdorren lassen. Lass die Letzten ihrer Vorräte in ihren Silos gären und aufkeimen."

Der Krieg flocht einen Zopf in Bellas rote Mähne und zuckte zusammen, als ihm der Tod seine knöcherne Hand auflegte.

„Du könntest auch etwas aggressiver sein", schlug im Tod mit hohler Stimme vor.

„Das bin ich!", brüllte der Krieg energisch.

„Du hast einen Steinbruch erobert und die Elfen gegen die Frösche gewinnen lassen. Das nennst du aggressiv?"

„Sag mir nicht wie man Krieg führt!", herrschte der rote Reiter. „Krieg ist grausam, rücksichtslos und langatmig. Da braucht es manchmal eine gute Vorbereitung." Er zog seine Hand unter den Knochen weg. „Außerdem", erklärte er. „Beduin hat nicht mit einem Angriff gerechnet, wir konnten ohne Widerstand einmarschieren und den Steinbruch belagern. Doch jetzt ist er gewarnt und wird sein Heer zum Kampf zusammenstellen."

„Und die Elfen?“, fragte der Sensenmann weiter. Doch der Krieg lächelte nur und gab ihm keine Antwort darauf.

Noch immer rannten der Zentaurin die Tränen über ihr hübsches Gesicht, als sich die Soldaten von C'Tusk im Inneren der Stadt versammelten und auf die Ansprache der Herrin und die versprochenen Rationen für sich und ihre Heimat warteten. Die Menge umjubelte sie und rühmte sie für ihre beachtliche Leistung, die in der Geschichte der Elfen einmalig war.

Lolote betrachtete den Speer der Zentaurin, sie stand nicht allzu weit von ihm entfernt, er konnte es schaffen. Die Herrin verhörte gerade ein paar ihrer Gefangenen. Er griff nach dem Speer und setzte zum Wurf an, doch dann legte ihm jemand die Hand auf die Schulter.

„Das bist nicht du“, sagte Perry mit ruhiger Stimme zu ihm.

„Und ob ich es bin, der ihren Tod will“, knurrte der Elf. „Sie hat ihn verdient.“

„Bist du nicht der Elf, der versucht jeden zu retten?“ Sie lächelte ihn bei diesen Worten an. „Zumindest habe ich dich so kennen gelernt.“

Er senkte den Speer und seufzte. „Sie hat dir mindestens so viel genommen wie mir.“

„Und trotzdem bist du kein Mörder.“

Der Elf gab ihr den Speer zurück und sagte dabei trocken: „Es wird eine bessere Gelegenheit geben…“

„Genau das gefällt mir so an dir.“ Sie entgegnete seinem Blick mit einem Lächeln.

Die Herrin trat einen der Gefangenen, die vor ihr knieten. Das Wasser im Glas auf dem Kopf des echsenähnlichen Wesens schwappte hin und her. „Ich habe dich etwas gefragt!“, brüllte sie ihn an.

„Sie kann dir nicht antworten“, meldete sich eine der Froschwesen.

„Und weshalb nicht?“, knurrte sie ihn an.

„Sie gehört zu unseren Ammen“, erklärte der Frosch. „Sie versorgen unsere Jungen unter Wasser. Sie haben Kiemen entwickelt, um dort unten zu überleben. Das Sprechen jedoch haben sie verlernt.“

„Dieses abscheuliche Ding ist eine sie? Und wenn ich ihr das Glas vom Kopf reiße, kann sie es dann?“

„Nein“, schüttelte der Frosch den Kopf. „Auch dann kann sie nicht sprechen, aber sie würde ersticken.“

Sie trat an den Frosch heran, der ängstlich in die Backen blies und dabei merkwürdige leise Geräusche erzeugte. „Hör zu, Froschgesicht“, sprach sie energisch zu ihm und zog ihn dabei am Kragen hoch. „Ich bin nicht hier, um mit euch abscheulichen Wesen über eure Vorlieben und Rangordnungen zu sprechen. Euer Volk wurde von uns besiegt und ihr habt keinerlei Rechte euch uns zu widersetzen, hast du das verstanden, du Kröte?“

Der Amphibianer schluckte. „Ein Frosch wäre anatomisch gesehen etwas näher…“ Er unterbrach sich, als er ihren boshaften Gesichtsausdruck sah und nickte nur.

„Also“, knurrte die Herrin der Erfs. „Wo ist eure Nahrung? Meine Männer und Frauen haben Hunger.“

Der Amphibianer deutete auf ein Lagerhaus vor dem sich Eisen auf dem Boden erstreckte und eine riesige Apparatur, die an eine Gondel mit Fischernetzen und Greifarm erinnerte.

„Da drin?“, fragte sie sicherheitshalber nach und erst als er nickte fragte sie nach der Apparatur.

Der Frosch erklärte ihr, dass sie damit Fisch fingen und Seegras ernteten. Er sprach darüber als wäre es eine Wissenschaft mit Hydraulik und Worten die die Elfe nicht verstehen konnte.

Angewidert ließ sie die Kröte zurück auf die Knie fallen und wies ihre Soldaten an. Das Lager zu plündern und entsprechende Rationen in den Wald und nach C'Tusk zu bringen.

Die Menge jubelte und übertönte damit das Knurren ihres Magens.

„Und jetzt“, sprach sie zu dem Amphibianer. „Bringst du mich zu deinem Herrscher.“

Er blies nervös in die Backen, gab dabei ein leises Quaken von sich und nickte schwach.

Es war ein ganz besonderer Tag für Olafson. Denn heute würde es endlich passieren.

Gedankenversunken strich er das Getreide zur Seite und drückte es auf den Boden, bis es für ihn wie ein gemütliches Bett aussah. Er breitete eine Decke aus und stellte den Picknickkorb darauf, dann setzte er sich und wartete auf sie.

Es dauerte nicht lange, da kam Marie und rief nach ihm. Sie schien ebenso aufgeregt wie er es war. Sie trug ihr bestes Kleid, das sie im Schrank ihrer Mutter gefunden hatte und lächelte ihn an, als er sie begrüßte. Sie küsste ihn und lobte ihn für seine Einfälle. Dieser Ort war wirklich perfekt und niemand konnte sie zwischen dem Getreide entdecken.

Olafson öffnete den Korb und legte das Geschirr auf die Decke, mehr gelang ihm nicht, da warf sich Marie ihm liebkosend um den Hals und zog sich und den Bauernsohn langsam und sinnlich aus.

Ein wenig überrumpelt ließ er die Brote zurück in den Korb sinken und gab sich ihr hin.

„Das war nett gemeint", sagte Marie und spielte dabei auf das Picknick an. „Aber war nicht nötig." Sie legte ihm den Finger auf den Mund, bevor er etwas sagen konnte. „Ich brauche nur die Luft zum atmen und die Liebe zum Leben."

Ein Rascheln störte ihre Zweisamkeit und Marie zog sich reflexartig die Decke über die Brust. „Sagtest du nicht hier wären wir ganz alleine?", wunderte sie sich.

Das Getreide um sie herum färbte sich schwarz und neigte sich zur Erde nieder, da sahen sie einen dürren Mann mit einem Pferd zwischen den Halmen hindurch spähen. „Das mit der Luft hat schon jemand geregelt“, mischte sich der dürre Mann in das Gespräch ein. Als sein Magen knurrte, fügte er rasch hinzu: „Aber die Sache mit nur Liebe zum Leben brauchen, verstehe ich nicht.“ Das junge Paar sah ihn fragend an. „Ist Liebe das Gefühl, wenn man der Gerste beim Welken zu sieht und man sich über die hohen Marktpreise freut?“, fragte sie der Hunger.

Paupertas blies die Nüstern.

Der dürre Mann hob abwehrend seine Hand. „Schon gut, ich sehe ich störe euch bei genau diesem Genuss.“ Dann zog er die Zügel an und verschwand.

Olafson griff in seinen Korb. „Wenigstens haben wir noch die Brote“, versuchte er das Beste aus der Situation zu machen, doch die Brote, die er aus seinem Korb nahm, waren übersät mit Schimmel und ungenießbar.

Phil verbrachte mit Herkyna einige Zeit in Sichel. Nach dem Ende der Pest waren die Aussichten die Menschen dort zu retten erheblich gestiegen. Nicht nur seine Medizin und die zarten Hände der Waldnymphe halfen bei einer raschen Genesung, er hatte auch durch einen der Herolde in der Stadt verkünden lassen, wie wichtig die Hygiene bei der Bekämpfung der schwarzen Seuche war. Er erinnerte sich dabei an einen Arzt mit dem er in Plock gesprochen hatte. Der Gelehrte erklärte ihm, dass die Seuche durch Ratten übertragen wurde, genau genommen durch Flöhe, die auf den Ratten lebten, sie bissen und so die Träger aufnahmen und diese dann auf den Menschen übertrug. Es konnte sicher nicht schaden daran zu glauben, obschon er sich fragte, ob er auch davon gewusst hatte.

Herkyna stieß ein paar der Reagenzien von Tisch, sie war noch immer das tollpatschige Mädchen aus dem Wald für ihn. Doch er liebte diese Seite an ihr ebenso, wie die selbstbewusste und stolz reitende Nymphe an ihr.

Schweigend hob er sie auf und grinste.

„Wir müssen reden, Phil“, meldete sich Gabe bei ihm.

„Das kann so nicht weitergehen“, sprach Luz.

„Ich habe es euch schon gesagt“, lehnte er das Gespräch ab. Er wusste worauf die Beiden hinaus wollten.

„Dann lass uns über den Arzt reden“, schlug der Engel.

„War er nicht wahrlich böse?“, fügte der Dämon hinzu und bekam leisen Zuspruch.

„Nein“, widersprach Phil. „Auch bei ihm werde ich kein Urteil fällen.“

„Dann denkst du er ist unschuldig?“, strahlte Gabe und flatterte mit den kleinen Flügeln.

„Ich habe für ihn gebetet, das ist alles was ich tun kann und werde.“

„Vielleicht ist er einfach nicht der Richtige“, sprach der Dämon aus, was Beide dachten. „Ich mein“, er sah zur Nymphe rüber, die sich über den Boden beugte und ein paar der Kräuter aufsammelte. „Er hat…“

Sie lächelte ihn verlegen an. „Reden sie wieder mit dir?“

Phil winkte ab. „Nur das Übliche“, sagte er. „Sie reden vom Reiten. Wir sollten neue Kräuter suchen, für die Medizin.“

Sie nickte eifrig und folgte ihm nach draußen, wo Viktor auf sie wartete.

Die Bauern und Bürger drängten sich an bescheiden eingeräumte Läden, deren Verkäufer die Ärmeren unter ihnen mit hohen Preisen abspeisten.

„Was geht hier vor?“, fragte er einen der Passanten.

„Die Felder“, antwortete der Mann in zerlumpter Kleidung. „Die Felder, sie sind leer und die Saat zu teuer.“

„Bürger von Bandor“, hörte Phil den Herold ausrufen. „Auf Befehl unseres Königs Beduin, soll sich ein jeder Knabe, der sein zehntes Lebensjahr vollendet hat, sich bei einem Lehensherrn, der unter der Führung Bandors steht, melden und sich für die Schlacht gegen Utai erheben. Der Sohn Agarans hat wertvolle Ländereien hinterhältig und blutrünstig erobern lassen. König Beduin hat demzufolge Utai den Krieg erklärt und ruft nun einen jeden seiner Bürger auf, dem gewaltigen Heer des Nachbarkönigreiches entgegen zu treten. Jedem Bauern, der sich in die Schlacht stürzt, soll für ein Jahr die Steuern erlassen werden und für den Sieg in der Schlacht reichlich an Samen belohnt werden. Es ist an der Zeit, das grausame Schicksal Tagalans vor dem nach Blut hungrigen Sohn Agarans zu bewahren.“

Die Beiden sahen einander schockiert an, sie wussten, wer dahinter steckte und sie mussten versuchen sie aufzuhalten. Sie wandten sich dem Schimmel zu, als Phil plötzlich eine für ihn bekannte Stimme hörte, die freudig sagte: „Hab ich dich endlich.“ Dann spürte er einen leichten Druck in seinem Kopf und alles um ihn herum wurde dunkel.

„Du machst dir einen Scherz daraus, nicht wahr?“, brüllte sie den Frosch an und schlug ihm in den Magen.

„Nein“, lehnte der Amphibianer den Vorwurf ab. „Sie ist es wirklich.“

Sie drohte ihm weitere Prügel an, wenn er sie anlog. „Dieses riesige wabbelige Ding dort draußen im Wasser soll wirklich eure Königin sein? Es tut nichts außer das Seegras zu fressen, welches man ihr vor ihr Maul wirft.“

„Sie macht wesentlich mehr als das“, widersprach die Kröte und zuckte zusammen als die Elfe ihre Zähne fletschte. „Sie legt ihre Eier in das Riff unter ihr, wo die Ammen die Jungen schließlich großziehen.“

„Das ist ihre Art zu herrschen?!", brüllte sie ihn an.

„Es ist wesentlich komplizierter, als es aussehen mag", versuchte er zu erklären. „Die Königin bestimmt wie viele Ammen, Soldaten, sogar Handwerker und Wissenschaftler es in unsrem Volk geben soll."

„Hör zu, Kröte", knurrte die Herrin. „Es ist mir egal, was ihr mit diesem Ding dort draußen anstellt, aber wenn ihr nicht wollt, dass ich dieses wabbelige Vieh mit meinen Pfeilen durchlöchere, werdet ihr tun was ich sage, hast du das verstanden?"

Der Amphibianer blies hastig in die Backen und nickte.

„Es wird Zeit, dass ihr lernt unter einer richtigen Herrschaft zu leben."

Wieder nickte er eifrig und gab Geräusche von sich.

„Sehr gut", freute sie sich. „Ich will, dass ihr mir alle Waffen, Krieger und Golems zur Verfügung stellt, die sich in eurem Besitz befinden. Und da ihr so gerne mit euren Köpfen versucht zu denken, möchte ich, dass ihr neue Waffen für die Erfs entwickelt, hast du das verstanden, Kröte?"

„Ja, Herrin“, quakte der Frosch.

„Gut“, sie ließ ihn wieder herunter. „Siehst du die Wachen dort hinten?“ Sie zeigte auf ein paar Elfen, die mit Bogen bewaffnet auf ihren Chimären saßen und auf ihre Befehle warteten. Sie wartete einen Augenblick, bis die Kröte lauthals schluckte. „Sie bleiben hier und sie werden auf mein Kommando auf dieses wabbelige Ding feuern, sollte auch nur einer von euch etwas gegen einen meiner Gefolgsleute unternehmen. Ist das klar?“

Er nickte.

„Gut“, lachte sie. „Dann stehen die Amphibianer ab heute unter meinem Schutz.“ Und ließ die Kröte gehen.

Sie freute sich bereits auf ihre Rückkehr und war gespannt was ihre Schwester dazu sagen würde. Sicher wäre sie stolz auf sie und die Elfen. Und vielleicht kam sie ja nun zur Vernunft und würde aufhören mit diesen Viechern zu tanzen, ehe sie ihr noch etwas antaten.

Lolote belud einen der Karren, die für den Sumpf bestimmt waren. Der Gestank war fürchterlich und

er hoffte es stank nicht noch mehr, wenn der Karren damit im Sumpf eintraf.
Er und Perry gehörten zu den wenigen Bewohnern C'Tusks, die die Stellung an der Küste halten sollten. Es war der Beschluss des Rats der Sieben, sagten sie ihm. Sie betonten, dass Vertrauen gut wahr, Kontrolle jedoch besser. Das bedeutete für ihn, dass der Rat der Elfe ebenfalls nicht traute, aber noch immer von ihr abhängig war.

Ein junges Mädchen schrie um Hilfe.

Der Elf drückte der Zentaurin eine Kiste unter die Arme und rannte ohne nachzudenken los.

Ein paar Zwerge schubsten eine kleine Amphibianerin vor sich her und machten sich über ihr Kleidchen und den großen Kiefer lustig. Lurchkönigin hänselten sie sie und piesackten sie mit ihren Äxten dabei.

„Lasst sie in Ruhe“, herrschte der Elf die kurzbeinigen Zwerge an.

„Bist du nicht auch aus C'Tusk“, wunderte sich einer von ihnen.

Lolote bejahte die Frage und drohte dem Rat von ihrem Verhalten zu erzählen. Es war inakzeptabel und warf einen schlechten Ruf auf den Sumpf, wo der Rat doch für seine Gerechtigkeit berühmt war.

Die Zwerge sahen einander an, ließen von der Kleinen ab und halfen bei den Arbeiten am Karren.

„Danke", sagte das kleine Mädchen mit leiser Stimme.

Er überhörte es und schickte sie nach Hause.

„Ich bin Maggo", stellte sich die Kleine vor.

„Du solltest nicht mit mir reden", lehnte der Elf ab.

„Ich frage doch nur nach deinem Namen."

„Namen ändern nichts an der Situation."

„Sag ihn doch einfach", beharrte die Kleine.

„Lolote", entgegnete er knapp. „Und jetzt geh."

Maggo schüttelte den Kopf. „Ihr macht es falsch", sagte sie und sah wie er sie fragend ansah. „Das mit dem Fisch."

„Das ist unsere Sache", sagte der Elf barsch.

„So wird der Meiste davon schlecht sein, ehe er im Sumpf ankommt." Sie lächelte als sie sah, dass sie nun doch seine Aufmerksamkeit hatte. „Ihr solltet ein paar der großen Behälter nehmen und darin lebende Fische mitnehmen. Am besten gleich ein paar mehr, um eine Zuchtstation in eurer Heimat aufbauen zu können."

Er sah die Amphibianerin fassungslos an. „Warum tust du das?"

„Warum tue ich was?", fragte das Mädchen.

„Warum hilfst du uns?", fragte Lolote. „Wir haben womöglich ein paar deiner Freunde und Verwandten getötet und die, die von uns noch leben, haben dich mit ihren Waffen bedroht."

„Nein", entgegnete Maggo. „Weder das Eine noch das Andere. Ihr seid hier, weil ihr Hunger habt, sonst würdet ihr nicht unseren Fisch nehmen."

Er konnte gar nicht glauben wie weitsichtig und nachsichtig die Kleine war. „Die Erfs drohen damit eure Königin umzubringen."

„Und doch tun sie es nicht", strahlte Maggo. „Es zählt das, was man tut, nicht das, was man sagt."

„Du bist ziemlich schlau für so eine kleine Dame", lobte sie der Elf.

Maggo lächelte. „Das liegt daran, dass ich einmal eine Königin sein werde", erklärte sie. „Wir stecken sehr viel Zeit in unsere Bildung."

Lolote hielt ihr den Mund verschlossen. „Ist das wirklich war?"

Sie nuschelte etwas, dann nickte sie.

„Dann darfst du das auf keinen Fall irgendjemandem erzählen, versprochen?“ Als Maggo wieder nickte, rief er Perry zu sich und stellte ihr die Kleine vor.

„Wo sind deine Eltern?“, fragte die Zentaurin schließlich.

„Nirgends“, erklärte Maggo. „Und doch ist es jeder hier.“

„Das erkläre ich dir später“, sagte er, als er sah wie sie das Gesicht verzog. „Wichtig ist, das wir auf sie aufpassen. Ihr darf nichts passieren. Vor allem darf sie es unter keinen Umständen erfahren.“

Perry hob ihn bei diesen Worten hoch und drückte ihm einen Kuss auf die Wange. „Du bist wirklich ein guter Elf“, sagte sie und setzte den Elf mit einem roten Kopf wieder auf den Boden.

Etwas quiekte, huschte über den Flur und rief ihn zu sich.

Theo kannte dieses Quieken und sah sich um, ehe er in einem der Korridor verschwand.

Pete sprang in die Hände des Magiers, der sich hinter einer Vase versteckte und die Maus auf seine

Schulter setzte. Er wollte dem Jungen raten leise zu sein, doch dann sah er seine roten Wangen. „Was hat er dir angetan?“, flüsterte er dem Jungen zu.

Theo strich sich über die Wange, die noch immer schmerzte und rieb sich ein paar Tränen aus dem Gesicht. „Er hat mir erklärt, wie man Krieg führt und wie wichtig Spionage ist. Jetzt soll ich mir das Gesicht waschen und dann zum Volk sprechen und sagen, dass wir ebenfalls in die Schlacht ziehen.“

„Das ist furchtbar“, entfuhr es Penthos und nahm den Jungen König in seine Arme.

„Wenn er dich sieht“, sprach Theo und löste sich aus der Umarmung. „Dann wird er auch dir wehtun.“

„Ich habe keine Angst vor ihm“, winkte Penthos ab. Die kleine Maus auf seiner Schulter ballte die Fäuste und machte den Berater aus der Unterwelt nach.

Theo musste lachen, als er den kleinen Pete so sah, dann aber erinnerte er sich an die Sache in der Küche. „Er ist schlimmer als mein Vater es war“, sagte der Junge nüchtern.

„Es muss einen Weg geben ihn loszuwerden. Ich werde mit Margret reden, vielleicht hat sie Einsicht und wird ihn wieder entlassen."

„Oh, nein", grunzte es hinter dem Magier und sie sah, wie die Beiden zusammenzuckten als sie sahen. „Das werde ich nicht." Ihr Lachen erinnerte dabei an ein Grunzen, doch dieses Mal waren die Beiden weit davon entfernt loszulachen. „Das habt ihr Beide mehr als verdient." Sie stemmte die Arme in die Hüfte und sah den Magier ernst an. „Du solltest jetzt das Schloss verlassen, sonst werde ich ihn rufen und ihm sagen, dass du dich seinem Wort widersetzt." Sie ignorierte das Geschwafel des Magiers und riet auch dem König sich an die Worte des Beraters zu halten.

Theo tat was sie befahl und ging zum Balkon.

Nachdem seinem Gesicht weder Furcht noch Trauer anzusehen war, trat der König von Utai auf die Stufen auf seinem Balkon, warf einen flüchtigen Blick auf den Berater neben ihm, senkte kurz die Arme und hob sie dann hoch ehe er zu sprechen begann. Doch die Ärmel rutschten nicht, die Schweinenase hatte sie nicht nur kürzen lassen, sie hatte sie auch mit Nadeln fixieren lassen. „Bürger von Utai", sprach der König zu seinem Volk, spürte dabei den finsteren Blick seines Beraters im Nacken. „Wir nahmen uns, was uns gehört.“ Er sah wie die Menge jubelte, während er versuchte sich an die weiteren Worte zu erinnern. „Doch man will es uns wieder entreißen und noch mehr. König Beduin hat uns den Krieg erklärt und Utai hat darauf geantwortet.“ Er hielt einen Augenblick inne und versuchte zu verstehen, warum die Bürger sich so sehr über den Krieg freuten. Es war einen Moment zu lang, denn Plutos stellte sich schnaufend neben ihm. Er wusste, es war seine Art ihm zu drohen. „In der wohl größten Schlacht in der Geschichte Tagalans“, sprach der junge König schließlich weiter, „soll die Frage nach der Vorherrschaft in diesen Ländereien endgültig geklärt werden. Deshalb soll ein Jeder, der eine Waffe tragen kann, in unserem Banner in die Schlacht ziehen.“ Die Masse war derart laut, dass er kein weiteres Wort sprechen konnte, er entdeckte seinen Freund in der Menge, der einfach nur da stand und zu ihm herauf sah.

„Gut gemacht“, lobte ihn Plutos mit ernster Miene. Dann gab er ihm zu verstehen, er könne sich nun vom Volk verabschieden und wieder ins Schloss zurückgehen.

Ein süßlicher Duft weckte ihn. Und es war mollig warm um ihn herum. Sein Schädel brummte und er hörte noch immer das Schlagen von einem Hammer. Dann begriff er, dass die Geräusche von einem Raum nebenan herkamen.
Eine ihm bekannte Stimmte befahl den Sack auf seinem Kopf herunter zunehmen.

Sie fanden sich in einem großen Saal wieder, eine gewaltige Schmiede mit riesigen Statuen, die Schilde, Äxte oder Hammer trugen. Ketten verteilten sich im Raum, hielten Kessel an der Decke und in Gruben floss flüssiges Eisen über den Boden. Hoch oben auf einer Treppe thronte König Loggle, Herr der Zwerge und Herrscher über die Berge im Zentrum Tagalans.

Er wusste, wo er sich befand, denn er bereits einmal dort gewesen.

Es war deutlich wärmer als bei seinem letzten Besuch. Damals sollte er und seine Begleiter das Feuer der Schmiede neu entfachen ließ, indem sie einen

Drachen erschlugen. Er fragte sich, weshalb er diesmal hierher gebracht worden war.

„Wenn das nicht mein guter alter Freund Phil ist“, grüßte ihn König Loggle, ein stattlicher Zwerg mit langem Bart. „Ich glaubte, dich nie wieder in Metbrunn zu begrüßen.“

Neben ihm zog der Zwerg mit den Goldmünzen im Bart Herkyna den Sack vom Kopf. Jetzt erkannte er den Zwerg wieder. Es war der Zwerg, den er in Sichel getroffen und den er vor einem Elfen bloßgestellt hatte. „Das ist die Heilerin“, stellte der Zwerg seinem König das Mädchen aus dem Wald vor.

Loggle zog die Brauen hoch, als sie ihr Gewand zurecht zerrte. „Wo lernst du nur immer deine Begleiter kennen, Phil? Eine ansehnliche Frau.“ Er stieg die Stufen zu ihnen hinab und gab den Wachen zu verstehen, sie von den Fesseln zu lösen.

„Was für ein netter Kerl“, beschrieb Luz den König der Zwerge. „Und diese Äxte und Juwelen überall, wirklich ein bescheidener Zwerg.“

„Warum sind wir hier?“, lenkte Phil die Aufmerksamkeit auf sich.

Der Zwerg trat an ihn heran. „Weil wir eine wie sie brauchen. Und du kennst die Regeln“, lachte er. „Alles worauf das Auge des Berges fällt, gehört dem Berg.“

„Hieß es nicht, alles was auf und im Berg ist, gehört dem Berg?“

Loggle lachte. „Die Zeiten haben sich ein wenig geändert. Als wir in den Tiefen auf einen Clan von Ogern gestoßen waren, hat es in uns ein altes Feuer wieder entflammt.“

„Was soll das bedeuten?“

„Wie du weißt, werden Zwerge in der großen Schmiede Pfostens aus Stahl, Eisen und einem Hauch von Gold geschmiedet. Die Augen schleift er aus Rubin, Saphire und klarem Kristall. Der Blick ist stark, die Muskulatur stählern und der Drang nach großen Schlachten unaufhaltsam. Im Feuer geschmiedet ist das Volk der Zwerge für die Schlacht geboren. Es gibt nur den Kampf und den Met vor dem Kampf und natürlich den Met nach dem Kampf, was streng genommen aber wieder vor dem Kampf ist.“ Der Zwerg fasste sich kurz an den Kopf. „Aber ich schweife ab. Ihr seid hier, um uns in unserer miserablen Lage zu helfen.“

„Wir sollen euch helfen Krieg zu führen?“, fasste Phil irritiert das Gehörte zusammen.

„Im weitesten Sinne“, erklärte der König der Zwerge. „Uns geht das Met aus. Und deshalb brauchen wir eine Sprosse wie sie.“ Er deutete bei diesen Worten auf Herkyna.

„Ihr fasst sie nicht an“, entfuhr es Phil augenblicklich.

Loggle lachte, dass der Bart sich hob und senkte. „Typisch Sprosse, was du wieder denkst.“ Er sah den Priester etwas ernster an. „Hast du dich jemals gefragt, wie wir unseren Met herstellen?“

Phil dachte kurz nach. Zwerge, die er aus Sacre kannte, kauften sich ihren Met einfach auf dem Markt, in ihren Läden oder genossen ihn zusammen mit Menschen und Elfen in einem Wirtshaus. Möglicherweise brannte auch der ein oder andere Zwerg etwas Met in seinem Keller, aber sicherlich war das nicht mit den Zwergen in den Bergen von Tagalan vergleichbar. Immerhin verachteten hier die Zwerge alles und jeden, der größer war als sie, sie nannten sie Sprossen und zogen sich abgeschirmt in ihre Berge zurück, wo sie meisterliche Bauwerke in den Felsen unter der Erde schlugen.

„Ich dachte, du wärst ein Gelehrter unter den Sprossen“, lachte der Zwerg, dann riss er sich wieder zusammen. „Met macht man natürlich aus Wasser und Honig. Das klare reine Wasser schmelzen wir aus dem Gletscher. Aber den Honig…“

„Deshalb wollt ihr eurer Reich vergrößern. Es gibt keine Bienen im Schnee“, erklärte Phil das Gehörte und fiel dabei dem Zwerg in den Mund.

„Schweig, Sprosse“, wies ihn Loggle in die Schranken. „Hast du etwa schon vergessen, dass du bei deinem letzten Besuch von unserem kostbaren Met kosten durftest?“

Natürlich hatte er ist nicht vergessen, wie konnte er einen derart herben und für ihn viel zu verdorbenen Geschmack vergessen? Er hatte gehofft ihn nie wieder trinken zu müssen, da er befürchtete an der selbst gebrauten klebrigen Flüssigkeit zu ersticken. Doch den Zwergen mundete es nicht nur, sie würden dafür auch töten, da war er sich sicher.

„Es gibt sehr wohl Bienen in den Bergen der Zwerge“, sprach Loggle weiter. „Unsere Plantagen sind ebenso legendär wie geheim. Doch unsere Bienen leiden an einer Krankheit, sie fliegen nicht mehr aus und sammeln den Nektar für unseren kostbaren

Honig. Unsere Imker sind ratlos. Wenn sie nicht bald wieder summen, geht uns der Met aus. Deshalb ist sie hier.“ Er baute sich vor der Nymphe auf und sah zu ihr hinauf. „Einer meiner Zwerge hat in Sichel gesehen, wie sie einen seiner Kameraden mit ihren bloßen Händen geheilt hat. Es ist daher nur logisch, dass diese Sprosse von nun an dem Berg gehört und sie sich um unsere Plantagen kümmern wird. Das wirst du doch, nicht wahr Kleines?“

Phil warnte sie, man könne dem König der Zwerge nicht trauen, doch die Nymphe entgegnete dem Zwerg: „Wenn die Bienen wirklich krank sind, ist es meine Aufgabe sie zu retten.“

„Dann werde ich sie begleiten“, schrie Phil ohne nachzudenken mit wem er sprach.

Loggle ließ seine Wachen die Nymphe in ihr neues Zuhause begleiten, dann wandte er sich dem Priester zu. „Das wirst du nicht“, sagte er trocken.

„Bei Weya, du bist ein abscheulicher Zwerg“, entfuhr es Phil.

„Nein“, lehnte der Zwerg ab. „Ich bin nur der König der Zwerge.“ Als die Wachen ihn ergriffen fügte er hinzu: „Ich weiß, wie nutzlos ein Sprosse wie du ist, aber da es nicht der richtige Zeitpunkt ist sich mit anderen Göttern anzulegen, lasse ich dich einsperren, bis wir auch für dich eine Aufgabe gefunden haben." Der Zwerg lachte laut. „Und der Berg kann dabei sehr erfinderisch sein."

Die beiden Zwergen Brüder Moggle und Boggle brachten Herkyna zu einer Höhle an der Spitze des Berges.

„Wieso ist dein Helm eigentlich größer als meiner?", wunderte sich Moggle.

„Weil meiner sauber ist", sagte Boggle und hob stolz den Kopf nach oben.

„Willst du damit sagen, meiner wäre schmutzig?", hakte sein Bruder nach.

„Ist das so offensichtlich? Du hast sogar noch etwas Brot im Bart hängen von gestern Abend."

„Na und? Immerhin war es mein Brot."

„Es war ganz eindeutig mein Brot und glaub nicht, es würde deinem fransigen Bart stehen."

„Mein Bart ist nicht fransig!"

„Und ob er das ist, er ist wie der Bart deiner Mutter."

„Es ist auch deine Mutter", widersprach ihm Moggle.

„Na und?“, lehnte Boggle den Einwand ab. „Sie mochte mich ohnehin lieber als dich.“

„Gar nicht wahr! Ich war ihr Lieblingssohn!“

Herkyna beobachtete die beiden Zwerge. Ständig stritten sie sich und stahlen sich gegenseitig die Helme vom Kopf.

„Das ist mein Helm“, protestierte Moggle.

„Jetzt nicht mehr“, sagte Boggle. „Er steht mir ohnehin besser als dir. Du hast zu krumme Beine für so einen Helm. “

„Was haben meine Beine damit zu tun, du Schwachkopf?“

„Ganz einfach. Sie sehen aus als würden sie sagen, Ohje, dieser Helm.“

„Ich habe O-Beine? Nur weil mir die Hose nicht zu eng ist?“

„Ist es noch weit?“, unterbrach Herkyna ihre Zweisamkeit als die beiden anfingen sich gegenseitig zu schubsen.

„Nein“, antwortete ihr Moggle, der ebenso Boggle sein konnte. Die Höhle ist gleich dort drüben.“

„Willst du damit sagen, ich kenne mich hier nicht aus?“, begehrte Boggle auf. Oder war es doch Moggle?

Im Inneren der Höhle begrüßte sie ein schwaches Summen des Bienenstocks, den die Zwerge eine Plantage nannten. Kleine Gnome und Zwerge liefen zwischen Waben hin und her. Sie zapften Honig aus großen Kränen und füllten ihn in Behälter, die sie in Furchen innerhalb des Bodens schütteten, von wo der zarte Sirup in einem Rinnsal durch die Höhle floss und weiter hinten im Boden versickerte. Eine Ebene tiefer wurde dann der Honig mit Wasser versetzt und für den Gärprozess vorbereitet.

Riesige, gewaltige Bienen schwebten und summten um sie herab, nahmen die Pollen aus ihren Taschen an den Beinen und füllten die Waben mit ihrem Saft.

„Diese Bienen sind unglaublich“, staunte die Nymphe. „Das ihre Soldatinnen uns einfach so in ihre Nähe lassen.“ Sie sah wie Maden in einer Kammer umher krochen und entdeckte darüber den Unterleib einer enormen Königin, die Eier in die Waben legte.

„Die Soldatinnen werden hier nicht gebraucht, dafür sind unsere Soldaten da“, erklärte ihr Moggle.

„Also richtige Zwerge“, fügte Boggle hinzu. „Nicht solche wie er, die eine Axt nicht einmal halten können.“

„Und ob ich eine Axt halten kann…“

Herkyna unterbrach das Gespräch der beiden Zwerge erneut. „Und wo sind sie dann?“

„Sie werden von Gnomen für den Kampf ausgebildet und von unseren Kriegern geritten.“

„Also von Solchen, die nicht gleich aus dem Sattel fallen“, sagte Moggle.

„Das ist nur ein Mal passiert“, wehrte Boggle die unterschwellige Beleidigung ab.

„Achja?“, gab sein Bruder zu bedenken.

„Es sieht gar nicht so schlimm aus“, wunderte sie sich über den Bienenstock. Doch dann sah sie die vielen leeren Waben und die Bienen, die erschöpft auf dem Boden lagen. Sie lief zu ihnen und legte ihnen fürsorglich eine Hand. Das schwarzgelbe Kleid aus Fell war warm und weich. Sie schloss die Augen und streichelte sie, als wollte sie die Biene beruhigen.

„Das passiert mit immer mehr von ihnen“, erklärte Boggle.

„Ja“, stimmte sein Bruder zu. „Weil du sie ansiehst, da fallen sie direkt aus der Luft vor Schock.“

„Ich war genauso wenig wie du hier oben“, widersprach der Zwerg. „Diese Aussage macht also überhaupt keinen Sinn.“

„Als würde irgendetwas in deinem Leben Sinn ergeben…“

Sie fühlte einen Schmerz im Inneren der Biene, ein Schmerz, der den Stamm befiel wie eine Krankheit. Es war nicht die schwarze Seuche, wie sie zuerst befürchtet hatte. Etwas anderes musste die Ursache sein. „Woher holen sie die Pollen?“, fragte sie schließlich als sie sich der Ursache sicher glaubte.

„Aus den Tälern“, antwortete Boggle. „In den Bergen gibt es keine Blumen oder Nektar für sie.“

„Mein Bruder ist Geologe, Weißt du?“, feixte Moggle. „Zumindest in seinen Träumen.“

„Immerhin träume ich nicht von bärtigen Frauen“, entgegnete der Zwerg.

„Stimmt, du träumst von gar keinen Frauen!“

„Sie werden es überstehen“, sprach Herkyna. „Aber wir müssen herausfinden wer oder was die Bienen vergiften wollte.“

„So etwas würde ich selbst meinem Bruder nicht zutrauen“, empörte sich einer der Zwerge, sie war sich nicht sicher wer von ihnen es war.

„Du auch nicht“, bedankte sich der andere Zwerg bei ihm. „Du wüsstest nicht mal wie man Gift anmischt.“

Herkyna unterbrach die Beiden und bat sie sie zu den Wiesen im Tal zu führen.

Boggle erzählte seinem Bruder von einer Abkürzung ins Tal, nur für nervige und unnütze Zwerge, nachdem sein Bruder vorschlug die Abkürzung doch selbst nehmen zu wollen, sagte Herkyna: „Wir nehmen eine der Soldatinnen des Bienenstocks.“

Die Zwergen sahen einander an und versuchten ihr zu verdeutlichen, dass der jeweils andere Zwerg nicht schwindelfrei sei, doch ihr Entschluss stand fest. Doch ihre Argumente hielten gegen das Strahlen in ihrem Gesicht nicht stand und machten sich mürrisch auf den Weg zu den Soldatinnen. Dabei gab einer der Zwerge dem jeweils anderen Zwerg die Schuld.

„Du musstest ihr ja von den Soldatinnen erzählen“, seufzte Moggle.

„Ich?“, protestierte Boggle. „Du hast ihr doch einen romantischen Ritt auf einer Biene versprochen.“

„Was? Du bist Derjenige, der sie die ganze Zeit angrinst. Wenn du wüsstest, wie dämlich du dabei aussiehst.“

„Ich sag das jetzt wirklich nur ungern“, sagte Luz. „Aber das ist deine Schuld.“

„Wieso meine?“, begehrte der Engel auf.

„Weil du einen zu guten Einfluss auf ihn hast. Du flatterst so mit deinen niedlichen Flügelchen vor ihm herum, wie soll er da an etwas Schlechtes denken?“

„Du findest meine Flügel niedlich?“, freute sich Gabe.

Er klopfte ihm auf die Stirn. „Klopf Klopf. Ist da etwas drin? Ich bin ein Dämon, ich hasse alles was niedlich ist.“

„Achso“, seufzte der Engel. „Dämonen sind manchmal ziemlich kompliziert.“

„Könntet ihr etwas leiser streiten?“ Phil saß zusammengekauert in einer Ecke der Zelle und dachte nach. Er musste aus dieser Zelle entkommen, ehe die Zwerge ihr etwas antaten. Ein wenig gab er sich selbst die Schuld an ihrer Lage. Immerhin war sie eine Nymphe und Nymphen gehörten in den Wald nicht unter Menschen und Zwerge. Was hatte er nur dabei gedacht, sie bei sich zu halten. Hatte er ihr damals nicht auch mehr Leid angetan als sie ohne ihn hätte erdulden müssen? Er stand im Zeichen Weyas, es war ihm nicht gestattet sich zu binden. Und doch vermisste er ihre Gegenwart, ihre tapsige Art und ihr unschuldiges Lächeln.

Gerade als er sich fragte, ob er Weya um Hilfe bitten sollte, riss ihn ein Wiehern aus seinen Gedanken.

„Viktor“, freute sich Gabe. „Wie konnten wir dich nur vergessen.“

Der Schimmel schnaubte und stieß dabei Phils Kopf nach oben.

„Wie bist du hier herein gekommen?“, wunderte sich Phil und erhielt ein Blasen in die Nüstern als Antwort.

„Das ist die Chance“, begehrte Luz auf. „Setz dich einfach in den Sattel und vergiss…“ Er stockte als Phil bereits auf dem Schimmel saß und drückte den Engel an sich. „Endlich ist er zur Vernunft gekommen.“

Phil zog die Zügel an und das weiße Pferd sprang mit ihm in den Riss aus Raum und Zeit. Der Sieger auf seinem hohen Ross.

Natürlich war ihre Schwester nicht so begeistert über ihren Sieg im Osten, wie der Rest der Erfs, sogar die Krieger, die aus dem Sumpf kamen, bejubelten sie und lobpriesen ihren Namen bei ihrer Rückkehr. Ihre Schwester verzog jedoch keine Miene, das war allerdings seit dem Tod ihres Vaters auch nichts Ungewöhnliches für sie.

Eine der Wachen klopfte an ihre Tür.

„Lasst ihn hinein", befahl sie und lächelte aufgesetzt als der Lurch in den Saal schlich. Sie hatte ein Paar dieser Exemplare mit in ihre Heimat genommen, um sie und ihre Macht ihrem Volk zeigen zu können. Außerdem glaubte sie, dass sie so die Forschung weiter vorantreiben zu konnte. „Wie weit bist du, Kröte?"

„Lurch", verbesserte sie der Amphibianer. „Selbst Frosch wäre eine falsche Bezeichnung." Er zuckte zusammen als sie einen Dolch nach ihm warf, er blieb hinter ihm in der Wand stecken.

„Kröte“, sagte sie und gab ihm zu verstehen, dass er ihre Frage noch nicht beantwortet hatte.

„Die Munition ist zu schwer, der Druck reicht nicht aus, um sie abzufeuern. Es ist unmöglich eine solche Waffe zu bauen.“

Sie fletschte die Zähne und warf noch einen Dolch nach ihm. Diesmal versank er dicht neben ihm im Teppichboden. „Dann versuch es weiter!“

„Aber Herrin“, bat er um Vergebung. „Die Hydraulik ist zu schwach dafür und es dauert zu lange den Dampf zu erhitzen.“

„Dann baut mehr Kammern darin ein und nehmt ein paar der Salamander dazu.“

Der Amphibianer wollte widersprechen, doch sie gab unmissverständlich zu verstehen, keinen weiteren Widerspruch zu erdulden, daher verneigte er sich und sagte: „Wie ihr wünscht.“

Sie ballte eine Faust, schlug auf den Tisch und warf die Kröte hinaus. Er sollte erst mit einer tauglichen Waffe zurückkommen.

Sie öffnete eines der Fenster und kühlte ihr erhitzten Gemüt an der nächtlichen Kälte ab. Es blieb nur wenig Zeit für Schlaf und selbst wenn sie sich fand, fand sie den Schlaf nicht. Es musste einen Weg geben solch eine Waffe zu bauen. Mit finsterer Miene sah sie in das Licht des Mondes auf. Sie brauchte diese Waffen.

Als sie die Musik hörte, schrie sie nach ihren Wachen, die ihre Schwester bewachen sollten. Es dauerte eine Weile bis die Wachen hinter ihr erschienen und sich den Schlaf aus den Augen rieben. Sie nahm sie nicht wahr, als sie zum Mond hinauf sah.

Begleitet von Geigen, Banjo und Tamburin sangen und tanzten sie im Licht des vollen Mondes, die Schatten ummantelt vom kühlen Leuchten der Nacht und ihre Stimmen herzzerreißend, trauernd und doch frohlockend im Einklang mit dem dunklen Nachthimmel. Sterne und Wolken tanzten mit, wogen in der Parade des Mondes rhythmisch mit ihnen hin und her, als folgten sie dem Drang diesem Augenblick beiwohnen zu dürfen. Hohe Töne und doch nicht zu hoch schwangen um das tanzende Paar herum. Und sie sangen. Sie sangen so innig und leidenschaftlich, von Freude und Trauer. In einer exotischen Sprache sangen sie von einem Kind des Mondes, von Luna selbst, die um Liebe und um ein Kind vom nächtlichen Himmel bat. Deren Bitte erhört worden war und sie in seinem Zeichen das

Kind des Mondes, das Kind der Nacht, gebar. Sie schenkte es ihm und er schenkte dem Kind das ewige Leben.

Die Haut der Vampire glänzte im Licht des Mondes und sie wusste, wer das dort oben bei ihrer Schwester war. Sie schlug mit der Faust auf das Fensterbrett, dass es zerbarst und verfluchte diese Annie und alle Vampire Tagalans. Sie rief nach ihrer Schwester, die ein langes schwarzes Kleid trug, dessen Scherbe und Schleier den schwungvollen und eleganten Bewegungen folgten. Immer wieder schrie sie „Nevina!“ Doch sie erreichte sie nicht. Irgendwann endete das Lied und mit ihm verschwanden auch die Vampire. Noch immer rief sie nach ihr, doch sie war bereits mit ihnen verschwunden.

Die Wachen hinter der Elfen wussten, welch grauenvoller Zorn sie erwarten würde, duckten sich und schlichen hinaus.

Sie schlug das Fenster derart fest zu, dass die Scheibe heraussprang, in die Tiefe stürzte und in der Nacht zersprang. Dann schrie sie nach den Wachen, die noch immer nicht aufgetaucht waren. Wie tobsüchtig brüllend warf sie alles um sich herum, was nicht niet-und nagelfest war.

Diese verfluchten Vampire! Die Zeit war reif, es musste sein! Jetzt oder nie!

Paupertas rupfte ein paar Blumen und Gräser aus der Wiese und kaute genüsslich auf ihnen herum. Sie nutzte diesen Augenblick, in dem der dürre Mann nicht zu hier hinsah, um zu grasen und sich so dem Genuss der Natur hinzugeben.

Der Hunger wusste um die Qualen, Schmerzen und Sorgen, die er bereitete. Er wusste auch um die Nahrungskette. Erst nahm er ihnen das Brot, dann ganz langsam Öl und Wein, damit die Obrigen sich lange genug sicher glaubten und sie die Armen noch eine ganze Weile durch ihre Unterdrückung quälten, an die der bloße Hunger nicht heranreichte. Dann nahm er den Tieren das Gras und das Futter, um ihnen so das letzte bisschen Fleisch zu nehmen, welches sie noch auf den Knochen trugen.

Er übertönte das Knurren seines Magens mit einem schwachen Lachen und verdrängte so die qualvollen Schmerzen in seinen Innereien, die seid Ewigkeiten keine Nahrung gesehen hatten. Das Lachen mochte schwach und kraftlos gewesen sein, doch es war ein Lachen.

Zufrieden pflückte er eine blaue Blume von der Wiese unter seinen spargeldürren Beinen und grinste als sie in seinen Händen zu Asche zerfiel. Der einzelnen Blume folgten die Übrigen auf der Wiese vor ihm und ein Schatten aus staubiger Asche breitete seine Flügel über die gesamte Fläche aus, bis auch das Gras welkte, welches die Stute kaute.

Angewidert kaute Paupertas weiter auf dem herum, was sich noch in ihrem Maul befand.

„Wie kannst du nur?“, maßregelte der dürre Reiter sein Pferd. „Du sollst die Knochen derer nagen, die sich in ihrer Armut in ihrem Herzen nur noch nach dem Tod sehnen. Und nicht wie eine Kuh dieses Gras verschlingen.“ Er sah dem mageren Pferd tief in die fast farblosen Augen und wartete, dass die Stute das Gras ausspuckte.

Doch Paupertas schluckte es schließlich herab und wieherte triumphierend über die vollbrachte Leistung.

Der dürre Mann klopfte dem Pferd fürsorglich auf die Seite und sprach: „Du weißt, ich muss das sagen. Aber keine Sorge, ich werde dir natürlich einen winzig kleinen Flecken auf Erden übriglassen, damit du dort ein bisschen grasen kannst.“ Er sah die Stute bei den folgenden Worten ernst an. „Du darfst es aber niemandem erzählen. Das ist unser Geheimnis."

Paupertas blies zufrieden die Nüstern.

Nachdem ihre Tiere verhungerten, würde er auch das Meer leer fischen, Algen und Plankton in tiefes Rot färben, dass es aussah als würde das Meer bluten und nicht eher ruhen, bis auch der letzte Fisch und damit der letzte Keim Hoffnungsschimmer der Sterblichen darin ertrank.

„Möge Weya deine Seele zurück ins Licht führen."

Der hungerbringende Reiter sah sich nach dem Quell dieser Worte um und entdeckte den ihm bekannten weißen Schimmel. „Du schließt dich uns also doch an?", grüßte der Reiter Phil.

„Nur über meine Leiche", widersprach Phil und kletterte etwas unbeholfen vom Rücken des Schimmels.

Der Magen des Hungers knurrte als er sich ihm stellte. „Das ist nichts", lenkte er die Aufmerksamkeit des irritierten Priesters von seinen Innereien ab. „Aber mal unter uns", sprach der Reiter zu ihm. „Was genau hast du hier vor? Du kannst die Nacht nicht aufhalten oder willst du mich etwa mit diesem mickrigen Ding erstechen?“

Phil reckte ihm den Dolch entgegen.

„Das wird nicht funktionieren“, sprach der Reiter.

Dann stach er zu und sagte dabei: „Mir wird es vielleicht nicht gelingen dich zu besiegen, aber Weya wird es ganz sicher.“

„Ich bin das Zünglein an der Waage der Ungerechtigkeit“, sprach der dürre Reiter zu Phil. „Wenn es auch nur einer sterblichen Person möglich wäre mich aufzuhalten, glaubst du dann nicht auch, dass es dann bereits jemand getan hätte?“ Der Reiter zog den Dolch aus seinem Unterleib und die Wunde schloss sich wieder. Den wertlosen Dolch warf er einfach von sich. Nicht eine Narbe war auf seiner fahlen dünnen Haut geblieben. „Die Nächte werden länger“, sprach der Reiter. „Ob du uns behilflich bist oder dich uns in den Weg zu stellen glaubst, das Schicksal findet seinen Weg.“ Er gab Paupertas ein Signal, in dem er mit seinen langen fast knöchernen Fingern schnipste. „Du magst der Gerechte von uns beiden sein, aber deine Vorstellungen von Gerechtigkeit werden nicht von jedem Sterblichen auf Erden gleichermaßen angesehen. Egal ob die Unterdrückten oder die Unterdrückenden jeder von ihnen denkt nur an sich und sein eigenes Wohlergehen. Du solltest also deine Form der Gerechtigkeit nicht auf die goldene Waage legen. Vor allem dann nicht, wenn ich dabei maßgebend mit zu messen habe."

Paupertas mag schmächtig gewesen sein, doch nicht klein. Als sich das magere Pferd vor ihm aufbaute und der faule Atem aus seinem weit aufgerissenen Maul seine Nasenspitze berührte, keimte seine Furcht vor den wiehernden Vierbeinern wieder in ihm auf und breitete sich in seinem Inneren aus, bis er sich angewidert von sich selbst zu übergeben glaubte. Er krümmte sich vor Schmerzen, während sich sein Magen leerte und seine Haut wie Feuer brannte. Hunger und Leid brachen in ihm aus, lähmten seinen Körper und zerrten ihn direkt ins Maul der Stute. Ein kräftiges Summen, war das Letzte was er dabei hörte.

Ranken schossen aus der kargen Erde, schlängelten sich um Gaul und Maul und drückten das Pferd nieder, ehe es Phil verschlingen konnte.

Die Zwergenbrüder sprangen mit erhobenen Äxten von der Biene und schlugen auf den dürren Reiter ein.

Der Hunger erlitt jedoch keinen Schaden unter ihren Hieben und spottete nur: „Das soll ein Angriff sein?“

„Ich hab doch gesagt, du schlägst zu wie ein Mädchen“, pflichtete Boggle ihm bei.

„Hast du ihm nicht auch keinen Schaden zufügen können?“, wunderte sich sein Bruder.

„Ja“, schnaubte der Zwerg. „Aber nur weil ich mit jemandem wie dir verwandt bin.“

„Sein Hieb war schon etwas kräftiger“, streute der Hunger amüsiert Salz in die Wunden.

„Siehst du?“, strahlte Boggle und erhielt dafür einen Schlag ins Gesicht.

„Dafür bist du der Hässliche von uns beiden.“

„Wir sind Zwillinge du Schwachkopf.“

„Sag das nicht mir“, widersprach Moggle seinem Bruder. „Sag das lieber deinen Axthieben.“

Der magere Reiter lachte als sich die Zwergen weiter stritten. „Wozu brauchen sie mich, wenn sie bereits ohne mich einander an die Kehle gehen?“

Herkyna half Phil auf die Beine und warf ihm vor ohne sie gegen den Reiter vorgegangen zu sein. Ohne die Bienen wäre sie vermutlich zu spät dazu gekommen. Doch Phil entschied sich ihr nicht zu antworten.

Die Hungersnot riss die Ranken vom Maul seines Pferdes und sattelte auf, während es sich die Ranken von den Beinen biss. „Du siehst, ich bin unbewaffnet wie du. Und doch bin ich nicht wie du es sein willst."

Bohnenranken sprossen aus dem Erdreich bis hoch in die Luft, versuchten sich um Pferd und Reiter zu schlingen und die beiden unter ihrer Masse zu zermalmen, doch Paupertas war schnell und flink und so gelang es ihnen dem Angriff der Nymphe zu entkommen.

„Wenn alles verdorben ist", fragte der Reiter die Nymphe des Waldes. „Woraus schöpfst du dann noch deine Kraft?" Er ließ das Grün und die Tannen um sie herum vergehen, bis sie nur noch Asche umgab. Belustigt sah er zu, wie die Nymphe, nachdem es nichts mehr gab, aus dem sie Kraft schöpfen konnte, in sich zusammen sackte.

„Boggle", rief sie nach einem der Zwergenbrüder. Der Zwerg zögerte einen Augenblick, kam denn jedoch ihrer Aufforderung nach und warf ihr den

Dolch zu. Er gab dabei nicht einmal eine abfällige Bemerkung bezüglich seines Bruders von sich.

Herkyna fing den Dolch und stach damit tief in den Leib des Pferdes. Sie verletzte den Gaul und der Reiter stürzte zu Boden. Doch er fluchte nicht, er lachte. Er lachte auch, als er die Augen schloss und mit seinen dürren Händen die Wunde seines Pferdes heilte. Dann trat die Stute nach ihr aus.

Der Huf drückte sich tief in ihre Magengrube und warf sie von den Beinen.

„Siehst du, was er mit denen anstellt, die sich ihm in den Weg stellen?“, erklärte Gabe Phil und brachte mit diesen Worten dessen Sinne zurück.

Phil stand auf und ignorierte den Engel, der vorgab das nicht als Aufforderung gemeint zu haben. Er sah dem Reiter tief in die Augen, sah den Kummer, den Schmerz und all das Leid darin. Seine Sorgen und auch sein leises Lachen nahm er war. Es war Angst, Angst das jemand hörte wie sein Magen knurrte, Angst jemand könne seinen inneren Kampf bemerken, den er unentwegt bestritt. Jeder sollte sein Leid teilen ohne sein eigenes Leid wahrzunehmen.

Phil griff in seine Tasche und holte einen in Laken eingewickelten Gegenstand hervor.

Der hungrige Reiter rechnete mit etwas Spitzem, einer Waffe, die der Priester, noch immer überzeugt davon ihn vernichten zu können, gegen ihn richten wollte. Umso verwunderter war er, als der Priester einen Laib Brot aus dem Laken wickelte, es zerbrach und dabei betete. Er war so fassungslos, dass er gar nicht bemerkte, wie er an ihn herantrat und ihm ein Kreuz anlegte. Dann bot er ihm ein Stück des Brotes an, welches er in seiner Zelle von den Zwergen erhalten hatte.

„Es ist für dich“, sagte Phil zu dem Reiter. „Ich habe es extra für dich aufgehoben, denn auch du bist nicht der, der du sein solltest.“

Der Hunger griff nach dem Brot und stopfte es sich in den Mund. Er wusste nicht, was dabei in ihm überwog, der Geschmack des Brotes oder das Gefühl, dass ihn jemand wahrgenommen hatte und dieser jemand sein Proviant mit ihm teilte.

„Entschuldigt die Verspätung“, hörte er eine bekannte Stimmte , während er auf dem Brot kaute.

„Ein Alchemist hat mich aufgehalten“, entschuldigte sich der Tod. „Mir brummt noch immer ein wenig der Schädel. All das wirre Zeug von Thermik, Hydraulik, Zündung, Ausdehnung, chemischen Reaktionen, vermutlich auch Quanten und was weiß ich noch. Warum reden Wissenschaftler so gerne mit mir darüber? Ich verstehe weder Physik noch Alchemie. Er hatte sich ganz schön geweigert zu verstehen, dass er mit seiner selbstgebauten Bombe in einer Explosion mit diesem schwarzen Pulver umkam. Er zeigte mir sogar seinen Bauplan, den er angeblich von einem Amphibianer bekommen hatte.“ Der Tod schüttelte den Kopf. „Menschen, sie glauben etwas zu verstehen und dann 'Bumm' Ende. Wenn ich einem Alchemisten wie diesem dann aber sage, dass ich nichts von all dem verstehe und ich ihnen nur erklären kann, wie man Gold herstellt, werden sie plötzlich ganz aufmerksam mir gegenüber…“

Der dürre Mann versuchte ihm etwas zu sagen, doch sein Mund war derart voll, dass er ihn nicht verstehen konnte.

„Deshalb bin ich hier“, sagte der Reiter mit der Sense, als er glaubte ihn verstanden zu haben. „Mir war immer bewusst, dass dieser Tag einmal kommen würde.“

Der dürre Mann sah ihn fragend an und schluckte. „Warum siehst du mich so an?“

Der Tod wich mit seiner knöchernen Hand eine Träne der Freude von der Wange des hungrigen Reiters. „Dein dich immer zu quälender und schmerzender Hunger hat heute ein Ende“, sprach er zu ihm mit ruhiger Stimme.

„Du meinst ich bin…? Aber wie…?“

Tod nickte. „Ich bin ebenso wenig ein Biologe wie Physiker oder Alchemist“, erklärte er. „Aber stell es dir so vor, deine innersten Organe wurden von Hunger vollständig verzehrt und nur eine unbeschreibliche Kraft hat sie zusammen und dich damit am Leben gehalten. Doch diese Kraft hat heute ein Ende gefunden und dein Innerstes ist weder in der Lage das Gegessene zu verdauen noch dich weiterhin in der Welt der Sterblichen zu halten.“

Der Reiter spürte, dass der Schmerz verschwunden war und dass es an der Zeit war ihm zu folgen.

„Lebewohl, mein Freund“, verabschiedete der Tod die Hungersnot und geleitete ihn in die Leere, von der nicht einmal er selbst etwas wusste. Es war möglich, dass er eines Tages wiedergeboren wurde, vielleicht landete er auch in der Unterwelt oder im

Tartaros, vielleicht wurde er im nächsten Leben zu einem dicken Mann oder vielleicht fand er auch einfach nur seinen Frieden.

Der dunkle Reiter griff die Zügel Paupertas und richtete sich an Phil. „Du weißt, ich kann dir nicht danken, noch bin ich wütend auf dich, weil mein Freund gehen musste. Doch du weißt, so gut wie ich, dass er nie vollends sterben wird, solange es Armut und Ungleichheit auf der Welt gibt. Doch heute hast du gegen ihn gewonnen. Das wird dir gegen die übrigen Reiter nicht gelingen." Mit diesen Worten zog der Tod das Pferd des verstorbenen Reiters mit sich in den Riss aus Raum und Zeit und verschwand wohl wissend, dass er ihn eines Tages wiedersehen würde.

Herkyna verpasste Phil eine Ohrfeige. „Du hättest sterben können, wäre ich nicht zufällig vorbei gekommen.

„Ich wollte es alleine tun", sprach Phil, beließ es bei diesen Worten und ging zu Viktor.

„Aber das musst du nicht", rief sie ihm nach und wartete bis er ihr seine Hand vom Ross reichte.

„Die Bienen werden sich erholen", verabschiedete sie sich von den Zwergenbrüdern, die sich bereits wieder stritten und ihre Worte vermutlich nicht gehört hatten.

Dann ritten sie los.

Maggo führte sie durch die Stadt, die die Amphibianer Ívik getauft hatten. Eine große moderne und wunderschöne Stadt, die von meisterlichen Architekten angelegt und geplant worden war. Die Stadt stand auf Stelzen und reichte bis über das Meer. Die Pfähle waren massiv und robust, trugen große Lasten von Bauwerken, die nicht elegant waren wie Elfenbeintürme und auch nicht so hoch, sondern klein und rundlich. Jedes Bauwerk sah wie eine Abbildung ihrer Königin aus, abgerundet mit Fragmenten und verziert mit kleinen Symbolen die an das Meer, die Gezeiten oder Ingenieure erinnerten. Es war beachtlich, das sich eine ganze Stadt, die nach außen abgeschirmt und gesichert wie eine Festung war, sich nur auf einigen wenigen Pfählen befand und nicht nur dem salzigen Meerwasser, sondern auch den Wellen und sogar Ebbe und Flut widerstand. Die Amphibianer besaßen in Ívik sogar ein Abwehrsystem für Wellen und Tsunamis und auch wenn weder Perry noch Lolote etwas davon verstanden, waren sie dennoch beeindruckt. Es war eine völlig andere Welt, die sich am Rande Tagalans erhob und bis zur Niederlage gegen die Erfs nicht ein einziges Mal Kontakt zur Außenwelt hatte. Weder für den Handel noch für Diplomatie. Es gab keine Notwendigkeit für solche Dinge unter den Amphibianern. Es gab kein Wettrüsten oder Wetteifern mit anderen Herrschaftsgebieten.

Ívik war stolz auf das, was es war und nur das, was aus ihm werden würde, war für die Amphibianer wichtig. Es gab keine Gefahr und keine Bedrohung, die es mit ihnen aufnehmen konnte, noch glaubten sie etwas von anderen Völkern erlernen zu können. Und so konnten sie sich einzig und allein auf ihre Entwicklung, ihren Wohlstand, aber auch ihre Wissenschaft konzentrieren.

Das beeindruckendste an Ívik war die Nacht. Ob die Nächte immer länger wurden spielte in der Stadt keine Rolle, es blieb immer hell. Laternen, gefüllt mit leuchtenden Quallen, zierten die Bauwerke, Eingänge, Tore und den Rest der Stadt.

Zwischen den Bauwerken lag das Wasser wie Straßen, auf denen man entlang schwamm oder mit Booten die Stadt durchreiste. An größeren Passagen gab es auch Stege, da man hier ein Chaos durch zu viele Boote befürchtete. Eine solche Passage war die Einkaufspassage, die sie Változás nannten. Maggo erklärte ihnen, dass es kein Gold gab oder eine andere Art von Währung. Amphibianer hatten kein Vertrauen in etwas, das ohne Wert war. Gold erklärte Maggo, hatte nur Wert, wenn andere an den Wert glaubten und so war es mit jeder Währung, sie war wertlos und nur den Glauben an etwas nicht Reelles, das nicht einmal irgendwo einen eigenen Nutzen hatte, war keine Basis auf der ihr Volk aufbauen wollte. In Ívik tauschte man deshalb seine Waren. Man baute etwas an, fischte nach etwas oder fand etwas im Meer, diese Güter und Gegenstände waren real und wirklich, manche nützlicher als andere und daher auch mehr wert als andere. Ihre kleine Laterne beispielsweise. Die Qualle darin hat sie selbst gefangen und sogar mehr Quallen als sie gebraucht hatte. Die überschüssigen Quallen tauschte sie gegen die Laterne und der Händler hatte so viele Quallen, dass er drei Laternen damit zum Leuchten bringen konnte und diese waren dadurch mehr wert als eine Laterne ohne Qualle. Eine leuchtende Qualle konnte man aber alleine nicht transportieren und nicht nutzen, man brauchte also eine Laterne oder besser gesagt das Gestell einer Laterne. Ein Stück Gold dagegen war weder etwas das Leuchtete noch etwas in das man eine Qualle einsetzen konnte. Man konnte aus einem Stück Gold ein Gestell herstellen für etwa eine Laterne, doch dazu musste das Gold aufwendig geschmolzen werden und nur wenige besaßen einen derart heißen Ofen, von all dem Brennmaterial abgesehen das notwendig war.

Perry war all das zu verwirrend und sie beschränkte ihren Verstand auf Dinge die sie zu verstehen glaubte. Sie sah auf das Meer, dort wo sich die Königin der Amphibianer befand. Unzählige Bogenschützen zielten auf sie, um die Froschwesen unterwerfen zu können. „Du bist wirklich eine Königin?“

Das kleine Mädchen nickte und strahlte.

„Seit wann weißt du das?“

„Seit meiner Geburt“, erklärte Maggo. „Man wird als Königin geboren, schon im frühen Stadium habe ich davon erfahren, als ich noch im Wasser schwamm und die Ammen mich mit Seegras und kleinen Krebsen fütterten. Sie können nicht reden, aber sie summen im Wasser. Es ist wie der Gesang eines Wals nur noch detaillierter, wie eine Sprache, nur eben ohne Worte. Sie erklärten es mir. Sie erklärten mir auch, dass ich eines Tages an Land gehen würde, wie alle Amphibianer, außer den Ammen. Sie tragen diese Wasserkrüge auf dem Kopf, weil sie nicht atmen können. Sie sagen daher, dass sie das Wasser nie verlassen, auch wenn sie mit uns in den Häusern leben. Eine Königin jedoch, macht sich eines Tages auch wieder auf den Weg zurück ins Wasser, dort wächst sie immer weiter, verliert die Gabe auf Erden zu wandeln. Doch sie atmet noch und sie kommuniziert mit ihrem Volk. Deshalb lernen die Amphibianer ihre zukünftige Königin an und bringen ihr alles bei, was sie wissen. Sie sagen, das ist der Grund, warum sich eine Königin aus dem Wasser erhebt. Sie soll die Welt erleben, die sie eines Tages regieren soll."

„Dann legt sie nicht bloß Eier ab?", wunderte sich Lolote.

Maggo schüttelte die Kopf. „Sie redet mit uns, in unseren Gedanken. Es funktioniert wie eine Art Telepathie."

„Dann weiß sie, was gerade geschieht?"

„Ja“, sagte die Kleine. „Sie weiß auch, wie grausam die Elfe sein kann und sie sagt, wir sollen ihr folgen.“

„Bis eine neue Königin reif genug ist“ sprach Lolote den Gedanken aus.

Maggo antwortete nicht darauf.

Sie hörten Schreie aus einem der Läden, dann rannten die Diebe in ihre Richtung.

Es gelang dem Elf die Menschen zu stellen und einen von ihnen niederzuwerfen. Die Übrigen entwischten ihm. Sie trugen Papier und Holzschnitte bei sich. Er hob einen der Zettel, den sie verloren hatten auf, darauf war die Zeichnung einer verkürzten Armbrust mit einer kleinen Kammer, in der sich eine Flüssigkeit befand. Um den Griff war eine Echse gemalt.

Immer wieder schlug er auf den Dieb ein, bis er sich als Spion Utais zu erkennen gab und sie in Ívik nach neuen Wegen suchten, wie sie den Krieg gegen Bandor gewinnen konnten. Nachdem er alles gestanden hatte, ließ er den Menschen laufen und forderte ihn auf nie wieder an die Küste zurück zu kommen. Was die Menschen taten war ihm nicht wichtig, doch das es nun auch die Amphibianer traf war nicht richtig. Und er wusste, wer daran Schuld war. „Kannst du auch mit ihr reden?“, fragte er die heranwachsende Königin. Als das Mädchen nickte, fügte er hinzu: „Dann schlag ihr einen Tausch vor.“ Er grinste verschmitzt. „Wenn sie mir hilft, dann helfe ich auch ihr und ihrem Volk.“

Fernab in den Wolken, ohne das Gefühl von Zeit und Raum, trafen sich die verbliebenen Reiter auf ihren Pferden.

„Es ist nicht üblich für die Hungersnot zu spät zu kommen“, wunderte sich der Krieg.

„Deshalb habe ich dich gerufen“, erklärte der Tod nüchtern.

„Sag mir nicht, er hat ihn besiegt!“, herrschte der Krieg.

„Wenn es dir dann besser geht…“, entgegnete der Tod. „Doch ändern wird es nichts.“

„Ich sagte doch er ist gefährlich!“

„Er ist nur ein Mensch“, beruhigte ihn der Tod. „Und selbst er kann das Schicksal nicht umgehen.“

„Er war einer von uns!“

„Deshalb ist die Sache für uns um so wichtiger. Die Tage sind immer kürzer, die Nacht ohne Morgen steht uns bevor. Wir müssen reiten."

„Wir werden reiten", sagte der Krieg. „Die schlimmste Schlacht aller Zeiten steht Tagalan bevor und niemand wird sie überleben."

Der Tod nickte. „Dann nimmst du den Jungen wirklich mit?"

Der Krieg grinste nur.

„Du bist dich deiner Sache ziemlich sicher."

„Der Krieg gewinnt immer."

„Und den Rest erledigt der Süden", erklärte der Tod. „Manche Dinge regeln sich ganz von alleine."

„Dann wird er auch mit uns reiten?"

„Du hast Angst er könnte sich für eine Seite entscheiden?"

„Er ist der Sieger", begehrte der Krieg auf.

„Nein", widersprach der Tod. „Er ist nur ein Mensch."

Margret war auf dem Weg zur Küche und summte dabei zufrieden. Seit sie den neuen Berater an den Hof beordert hatte, war alles viel ruhiger und angenehmer geworden. Der junge König stellte keinen

Unfug mehr an und benahm sich so, wie man es von einem König erwartete. Auch musste sie den Magier und seine dämliche Lache nicht mehr länger am Hof erdulden. Mattheo war kein einfacher Straßenjunge mit dem man herumalberte und sich über alles und jeden im Schloss lustig machen konnte. Er war der König von Utai und das Volk erwartete, dass er sich ebenso benahm und sollte er das nicht können, war es ihre Aufgabe ihn so zu erziehen, dass er es konnte. Verstecken und Fußballspielen waren keine hoheitlichen Verhaltensmuster, das musste der junge König verstehen lernen, ob er es wollte oder nicht.

Ihre Knie stolperten über etwas und sie hörte auf zu Summen als sie nach unten sah. „Habe ich dir nicht gesagt, die Küche ist kein Ort für einen König?" Der Knabe reagierte nicht auf ihre Worte, daher riss sie ihm die Hände vom Gesicht. Wie oft hatte sie ihm bereits gesagt, er soll sie ansehen, wenn sie mit ihm sprach.

Der Junge schluchzte und rieb sich die Tränen aus dem Gesicht.

Erst jetzt sah sie die roten Wangen und die geschwollenen blauen Augen ihres Königs. „Wenn das einer deiner Streiche ist", warnte sie ihn. „Dann ist er nicht lustig.“ Erst nachdem er erneut keine Reaktion zeigte, begriff sie es. Das war kein Spiel, welches er spielte, der junge König weinte wirklich. Vorsichtig tastete sie nach den blauen Flecken. Der Knabe zuckte augenblicklich zusammen, als sie sie berührte. „War das Plutos?“, fragte sie ihn schließlich.

Theo nickte schwach. „Bitte sag ihm nicht, dass ich hier bin…“

„Was hast du jetzt schon wieder angestellt?“

„Nichts“, schluchzte der Junge. „Er hat mir erklärt, wie wichtig Rüstungen und Waffen im Krieg sind und dass Utai mehr Kriegsforschung benötigt und wo wir als nächstes Einmarschieren und dass ich ein Lager für das Heer an der Grenze errichten soll, weil die große Schlacht naht.“

Sie nahm den Jungen in den Arm und bat ihm um Vergebung. Er brauchte Tadel, Erziehung und eine strenge Hand für das Wohl des Königreichs und für sein Eigenes. Doch so etwas hatte selbst er nicht verdient. Irgendwo in ihrem tiefsten Inneren, wenn die Beiden sie auslachten, hatte sie sich immer jemanden wie Plutos gewünscht, doch jetzt tat es ihr Leid. Das hatte der kleine Mattheo nicht verdient. In ihren Armen lag kein Herrscher, es war ein Kind, das ohne Mutter war und bitterlich weinte. Ein einfaches Kind, ohne Freunde und ohne Eltern, in Furcht und Angst getränkt und von Schmerzen gequält.

„Ich werde nie wieder lachen", versprach Theo halb nuschelnd in ihr Gewand.

Sie drückte ihn fest an sich. „Ich werde ihm sagen, er soll gehen", sagte sie zu ihm. „Wir finden jemand besseren für dich."

Mattheo sah sie an und entschuldigte sich.

„Nichts wirst du", knurrte eine Stimmte über den Flur, sie wusste wer sie belauscht hatte. „Dieser Junge wird in den Krieg ziehen und mit mir reiten", herrschte Plutos.

Margret ließ den König los und stellte sich dem königlichen Berater in den Weg. Mit ausgeweiteten Armen sprach sie: „Du hast bereits genug getan. Sieh ihn dir nur an!"

Plutos stieß die Frau zur Seite und zerrte den Jungen auf die Beine. „Das muss ich jeden Tag. Dieser kümmerliche Menschensohn muss lernen wie man ein Schwert führt und wie man auf einem Pferd reitet."

Margret zerrte an seinem Arm, um ihm von Mattheo wegziehen zu können, doch der Berater war zu kräftig für sie.

Er warf sie gegen die Wand und sprach mit finsterem Blick zu ihr: „Niemand stellt sich mir in den Weg!“ Das Feuer in seinen Augen war das Letzte, was sie sah, dann stach er zu und durchbohrte ihren Lieb mit seinem breiten Schwert.

Der Junge weinte und schrie, ohne das jemand etwas unternehmen konnte.

Plutos packte den Knaben und zerrte ihn mit sich. „Es ist an der Zeit“, sprach er ohne eine Miene zu zeigen. „Der Krieg ruft!“

Knospen sprossen aus der Erde, verdrängten verdorrtes Getreide und Asche auf ihrem Weg Richtung Licht.
Es würde noch eine Weile dauern, bis alle Felder Tagalans wieder fruchtbar waren, doch um Sichel herum war die Gabe der Nymphe eine Erlösung für das Hungerleiden der Menschen.

Er sah zum Himmel hinauf. Es wurde bald dunkel. Die Tage wurden immer kürzer und er wusste, bald schon würde die ewige Nacht beginnen. Die

Nacht ohne Morgen, wie die Reiter sie nannten. Zwei von ihnen lebten noch und es schien, als reichten diese Beiden noch immer aus, um die Welt zu vernichten.

Herkyna stand entschloss auf. „Es ist wegen der Elfe nicht wahr?“, wandte sie sich an Phil. „Du liebst sie noch immer, gib es zu.“

Er sah sie nicht an. Er mochte sie, doch egal wer ihn begleitete, er brachte jeden von ihnen in Gefahr. „Nein“, sagte er.

„Dann erklär es mir“, begehrte die Nymphe auf. „Erklär mir, warum du ohne mich losgezogen bist? Du hättest sterben können.“

„Du ebenfalls.“

Denkst du, das weiß ich nicht? Wenn die Welt endet, sterben wir alle. Du, ich, der Wald und alles Leben auf dieser Welt. Ich werde ebenso wie du nicht einfach dabei zusehen.“

„Und doch ist es nicht dein Kampf, sondern meiner.“

Sie nahm seine Hand. „Wenn es dein Kampf ist, ist es auch mein Kampf.“

Sträucher raschelten, schreckten dabei den Schimmel auf, der laut wieherte.

„Zeigt euch!“, rief Phil ihnen entgegen, als zwei Elfen aus dem Gebüsch hervorkrochen. Er glaubte einen von ihnen wieder zu erkennen „Teglas?“, grüßte er den Elf.

Der Elf sah ihn fragend an. „Du bist Phil, nicht wahr? Ich dachte, du wärst bei ihr…“

„Habt ihr etwa C’Tusk verlassen?“

Der Elf deutete auf das blonde Mädchen. „Wir sind wegen ihr hier“, erklärte er. „Wir brauchen ihre Hilfe.“

„Die braucht ganz Tagalan, wie du siehst.“ Phil wies den Elfen auf die Sprossen in den Feldern hin.

„Genau diese Kräfte benötigen wir im Sumpf. Der Rat schickt mich, um sie zu holen.“

„Warum sollte der Rat das tun?“

„Du weißt nichts, oder? C’Tusk ist unter der Führung der Erfs. Sie ist eine Bestie geworden, tötet und erpresst Unschuldige, benutzt sie wie wertloses Kanonenfutter für ihren Krieg.“

Das war unmöglich. Er konnte unmöglich von ihr sprechen. „Niemals!“

„Ich kann es selbst nicht glauben“, sprach der Elf. „Aber, wenn du es nicht glauben magst, dann komm mit mir und überzeuge dich selbst.“

„Das kann ich nicht die Felder…“ Er unterbrach sich als der andere Elf den Bogen spannte.

„Sie kommt mit“, sprach Teglas. „Auch, wenn ich dich dafür umbringen muss.“

„Phil!“, rief Herkyna. „Ich werde mit ihnen gehen.“

IV

„Nochmal, nochmal!“

Der Mond schien hell und die Nacht war klar. Das die Nächte länger worden und sich immer intensiver weigerten dem folgenden Tag einzig der Sonne allein zu überlassen, schürte ihren Zorn nur um so mehr. Sie hasste diese Kreaturen, sie hasste ihre Musik, ihre Fratzen und ihre Gier nach dem Blut der Sterblichen. Sie hasste auch die Götter, denn statt die Sonne erstrahlen zu lassen und sie allesamt niederzubrennen, gestatteten sie der Nacht sich auszubreiten und ihren Zyklus zu verlängern.

Der kleine Salamander an ihrer Waffe gluckste, als sie sie anlegte.

Es stank modrig, wie altes Leder, in das jemand faules Fleisch gewickelt hatte. Allein dieser Geruch war Widernatürlich.

Der karge Boden knirschte unter ihren Füßen.

Sie wusste, sie beobachteten sie. Irgendwo hinter der nächsten Ecke würden sie auf sie warten, um ihre spitzen Zähne in ihr Fleisch zu rammen.

Sie wies einen ihrer Soldaten an, die Scheune zu stürmen. Egal wie sehr sie diese Dinger hasste, sie waren listig. Sie musste behutsam vorgehen und um jeden Preis vermeiden, dass man ihr in den Rücken fiel. Das Territorium im Süden war groß, das wusste sie, auch dass diese Dinger es stetig weiter ausweiteten. Kleine Dörfer und Höfe vielen ihnen wie nutzloses Vieh zum Opfer. Die Meisten von ihnen waren nur Menschen und verdienten keinen Beistand. Menschen waren für sie genauso abscheulich und widerwärtig. Sie logen ihr ins Gesicht, beraubten einander und töteten ohne jeden Grund. Sie rissen Familien auseinander, ermordeten Väter und vergewaltigten die Frauen. Genau so hatte es der Dämonenritter mit ihr und ihrem Volk getan. Es war einzig und allein die Schuld der Menschen, dass ihre Schwester diesen Biestern zum Opfer fiel.

Weitere Elfen gaben ihr Freizeichen am Fenster, sodass sie ihren Vormarsch fortsetzen konnten.

Eine Eule rief von einem der Dächer.

Sie legte an, zog den Hebel zurück und die Vorrichtung streifte dem Salamander über das Kinn. Ein kleiner Feuerstoß erhitzte eine Phiole mit Wasser und erzeugte Dampf, der den Druck erhöhte. Wieder drückte sie einen kleine Hebel. Mit lautem Zischen schoss das Projektil durch die Luft, traf die Eule und der Pflock durchbohrte das Tier.

Zufrieden sah sie sich die Waffe der Amphibianer an. Sicher konnte man noch einiges daran verbessern, doch sie hatten keine Zeit und brauchten etwas, das ihnen gegen diese Dinger nutzte.

Ein Flattern erfüllte die Luft mit schnellen kleinen Flügelschlägen. Das Mondlicht verfinsterte sich unter dem Schwarm, der um die Eindringlinge herum landete. Aus kleinen Fledermäusen formten sich mannsgroße Kreaturen, die fauchten und die ihre Krallen wetzten.

Endlich war es soweit. Sie rief zum Angriff und lud einen der Pflöcke nach.

Die ersten Soldaten fielen den Vampiren zum Opfer und stürzten zu Boden. Mit Fackeln und Pflöcken versuchten sie die Vampire auf Abstand zu halten. Es war schwieriger als erwartet, doch es gab kein zurück und sie hatten noch einen langen Marsch vor sich.

Schallend lachend schoss sie einen der Vampire nieder. Ihre Augen funkelten im Mondlicht, als der leblose Körper zu Staub zerfiel, den der Wind in ihr langes Haar trug.

Es war eine Ewigkeit her, das Quaken von Fröschen oder das Summen der Mücken im Sumpf gehört zu haben. Die Erinnerungen an C'Tusk waren alles andere als gut. Bei seinem letzten Besuch hatten sie ihn und seine Begleiter vor den Rat geführt und sie für den Rest ihres Lebens in die eigenen Reihen aufgenommen. Seine Kenntnisse der Heilkunst waren einen Grund für die Bewohner des Sumpfes ihn nicht zu töten, sondern bei sich aufzunehmen. Beim Versuch zu fliehen, hatte man sie verfolgt und es gelang ihnen nur knapp den Diesseitigen zu entkommen. Er hatte gehofft weder sie noch den Sumpf jemals wiedersehen zu müssen. Dabei wollte er sogar ursprünglich den Rest seiner Tage bei den Diesseitigen verbringen. Trotz ihrer strengen Regeln und einer anderen Auffassung von Freiheit, halfen sie den Schwachen und Kranken und das gefiel ihm, sehr sogar. Sie war der Grund, warum er dieses Leben aufgegeben hatte. Zu dieser Zeit liebte sie ihn noch und es tat ihr weh, ihn so zu sehen, zu sehen, wie er sein wertvolles Leben derart abgeschieden vom Rest der Welt verbringen wollte, nur um das Leben kranker und verletzter Menschen zu retten, die er nicht einmal kannte. Als sie sich in Gefahr begab und drohte ihn zu verlassen, spürte er plötzlich die Angst sie zu verlieren. Doch nun war genau dies eingetroffen. Es war, als wolle Weya ihm eine zweite Chance geben, den Frieden im Sumpf zu finden. Doch was würde der Rat sagen, wenn sie ihn sahen? Und was war mit Herkyna? Außerdem musste er die Reiter aufhalten, vielleicht konnte er sie bei den Diesseitigen lassen und mit Viktor los reiten? Würde sie das verstehen ? Würde sie ihm das verzeihen?

Er wusste nicht mehr, ob es Tag oder Nacht war. Es war nur noch an wenigen Stunden am Tag hell und fast die meiste Zeit funkelten die Sterne über ihnen. Der Mond leuchtete hell. Es war auch, als würde der Mond nicht wieder abnehmen, sondern in seiner vollen Pracht über die verlängerten Nächte erstrahlen.

Es roch stickig und der Matsch platschte unter den Sohlen.

Sie sollten beim Rat vorsprechen, sie folgten daher Teglas, der Athele nicht schnell genug wiedersehen konnte. Erleichtert schloss der Elf seine Liebste in die Arme und drückte sie fest an sich. Die Medizin hatte gewirkt und sie war wieder genesen. Und doch war irgendetwas nicht in Ordnung.

Sie fragte, wo er die ganze Zeit über geblieben war und ob er von dem Angriff wusste und deshalb geflohen sei. Es klang durcheinander und wirr und sein Verstand brauchte eine Weile bis er begriff, was die Elfe ihm erzählen wollte.

„Ich ruhte noch im Krankenzimmer, als der Rat bereits über den Beschluss der Erfs tagte. Sie waren nur zu fünft und stimmten gegen den Feldzug, den die Herrscherin verkünden ließ. Der Süden sei zu gefährlich, sagten sie. Die Entscheidung war noch nicht sehr lange gefallen, da griffen einige der Elfen aus den eigenen Reihen zusammen mit ihren Soldaten an und überwältigten den Rat. Es war ein Blutbad ohne Gleichen. Hinterhältig und hinterrücks ließ sie sie ermorden, damit C'Tusk unter ihre Führung fällt und ihr in den Süden im Kampf gegen die Vampire folgt."

Teglas schüttelte den Kopf. „Dann sind sie alle…?"

Sie nickte. „Einer von ihnen ist schwer verwundet, er wird es womöglich nicht schaffen."

„Wo ist er?“, fragte die Nymphe.

„Bei den Kranken, seine Blutungen sind kaum zu stoppen.“

„Kannst du sie zu ihm bringen?“, fragte Teglas und erhielt ein schwaches Nicken. „Siehst du, was sie anrichtet?“, wandte er sich an den Priester neben ihm, der einfach nur da stand und in die Leere blickte.

„Du bist sicher, dass sie es ist?“, vergewisserte sich Phil.

„So sicher wie meine Liebe zu Athele“, sprach Teglas. „Sie ist nicht mehr die, die sie einst war. Sie ist ein Monster geworden. Ihre Erfolge sprechen Bände, doch zu welchem Preis?“

„Ich muss sie wiedersehen“, entfuhr es ihm rasch. „Es muss eine Erklärung dafür geben.“

„Mach dir keine Hoffnung“, suchte der Elf ihn zu trösten. „Ich habe selbst einige Zeit gebraucht es zu verstehen. Kann ich dich dennoch um einen Gefallen bitten, ehe du uns wieder verlässt? Würdest du mit ihr nach dem Zwerg und den Kranken sehen? Wir brauchen jedes Schwert und jeden Schild, wenn ihr entgegentreten wollen.“

Phil nickte abwesend, es musste einen guten Grund für all das geben. Sie würde niemals Unschuldige ermorden.

Die Rüstung war viel zu eng, juckte, kratzte und drückte an Stellen, von denen er gar nicht wusste, dass er sie hatte. Die schüttelnden Bewegungen auf dem zu großen Sattel machten es für ihn nicht angenehmer. Fest klammerte er sich an den Haft und hielt das rote Pferd neben ihm im Blick. Ein kalter Schauer lief ihm bei dem Anblick des Gauls über seinen Rücken. Es war als brannten sich die roten Augen direkt in seine Seele.

Überall um ihn herum waren bewaffnete Soldaten positioniert. Ihre Schwerter glänzten im Mondlicht. Die Helme bescherten ihnen dämonische Fratzen, ähnlich wie die seines Vaters. Nie würde er diesen Anblick vergessen. Und es war laut. Jeder schrie oder klapperte mit der Rüstung. Klingen wurden gewetzt, Pfeile geschliffen und Schilde beschlagen mit den Wappen Utais.

Er hasste den Krieg.

„Die Nacht ohne Morgen", hörte er Plutos knurren. „Sie hat begonnen."

Hörner erklangen und die Reihen aus Soldaten stürmten aufeinander ein. Pfeilen flogen den Reitern voran, trafen auf Pferde und Reiter, die sogleich ins Tal hinabstürzten.

Hinter ihm polterten die Schildträger mit ihren Speeren und drückten ihn und sein Pferd den Soldaten von Bandor entgegen. Er klammerte sich fest an sein Pferd, hielt das Schwert zum Anschlag bereit. Ein Pfeil zischte an seinem Ohr vorbei, übertönte für kurze Zeit die qualvollen Schreie um ihm herum.

Der Zwerg hustete, als das grüne Licht ihn umschloss und die Wunden heilte. Seine Augen huschten durch den Raum.

„Keine Sorge“, tröstete ihn Athele. „Sie ist hier, um dir zu helfen.“

„Dann hat Teglas sie gefunden?“

Die Elfe nickte.

„Zu spät, fürchte ich. Uns ist nicht zu helfen“, seufzte er. „Ihre Spione sind überall, sie werden uns töten. Wenn ich nur meine Axt hätte dann…“

„Hast du die Angreifer gesehen?“

Der Zwerg schüttelte den Kopf. „Sie kamen aus den Schatten, niemand war zu sehen, bis sie plötzlich mit ihren Dolchen zu stachen. Als würde diese permanente Dunkelheit sie beschützen wollen."

„Ich werde die Wachen alarmieren."

„Was ist mit dem Rat?", wunderte er sich. „Wir müssen die Anderen warnen."

Athele sah zu ihm herab. „Es gibt keinen Rat mehr. Nur du und Teglas sind noch am Leben."

„Das sind mehr als genug für einen Rat!" Er stand auf und griff nach seiner Axt. „Es wird Zeit dieses kleine Schätzchen hier wieder aus seinem Schlaf wach zu küssen."

„Herkyna?", wandte sich die Elfe an die blonde junge Frau. „Darf ich dich noch um einen weiteren gefallen bitten? Bitte hilf Phil bei den Kranken, sollte euch irgendetwas verdächtig erscheinen, erteilt bitte sofort Meldung."

„Wir können niemandem trauen, bis wir alle Spione gespalten haben", sprach der Zwerg.

„Den Beiden können wir vertrauen", beruhigte sie ihn. „Phil mag keine Waffen mit sich führen, doch sein Verstand ist schärfer als deine Klinge."

„Bei Pfosten", lachte der Zwerg. „Das glaubst du doch selber nicht."

„Lass uns so gut wie möglich Hoffnung sammeln."

Eine der Fensterläden klapperte, sie wurden belauscht.

„Hier hast du also deine ruhigen Tage verbracht", strahlte Gabe und spielte damit auf die Patienten im Lager an. „Das ist sehr lobenswert von dir, ich habe nichts anderes erwartet."

„Aber jetzt ist es sinnlos", protestierte Luz. „Es werden sowieso alle sterben und das noch in dieser Nacht. Nur falls du es noch nicht bemerkt hast, die Sonne wird nicht mehr aufgehen."

„Erst die Schwachen, dann die Anderen."

„Gib auf, Phil!", brüllte ihn der Dämon an. „Erzähl mir lieber etwas über diese Elfe, solange du noch kannst. Sie muss ja ein richtiges Biest sein."

„Das ist sie nicht und jetzt verschwinde."

„Mit wem sprichst du?", wunderte sich Teglas. Als Phil abwinkte fuhr er fort: „Ich weiß, wie du dich fühlen musst. Auch ich habe sie einmal geliebt. Es ist grauenvoll was Macht aus einem unschuldigen Charakter alles machen kann."

„Sie wird ihre Gründe haben."

„Nach allem was passiert ist, glaubst du noch an das Gute in ihr? Sie ist ein Monster, Phil."

Eine der Wachen grüßte ihn und gestand seine Verwunderung ihn wiederzusehen. Es hieß Teglas sei gestorben. Gerade als er versuchte sich und seine Aufgabe zu erklären, stach der Elf zu und drückte ihm den Dolch tief in die Brust. „Dein Name ist Phil, nicht wahr?", sprach der Elf zu ihm, während Teglas zu Boden fiel. „Es ist noch nicht zu spät, du kannst dich uns und unserer Herrin anschließen. Sie weist uns den Weg und führt uns in ein geweihtes Land. Ganz Tagalan wird ihr zu Füßen liegen. Tot oder lebendig."

Phil reckte ihm den Dolch entgegen und ignorierte das Lachen.

„Ich kenne das Siegel", strahlte der Elf. „Du hast es also bereits begriffen. Dann hilf mir diesen dreckigen Morast in ihrem Namen gegen den Widerstand zu verteidigen."

Er schüttelte den Kopf. „Du irrst dich. Sie mag eine besondere Elfe sein mit besonderen Gefühlen und ihren eigenen Motiven. Aber sie ist keine Heilige von der jemand wie du schwärmen sollte."

Der Elf sah ihn fragend an. „Du liebst sie?“ Ein Rufen lenkte seine Aufmerksamkeit ab, dann fesselten ihn Ranken, die aus dem Boden sprossen.

„Jetzt, Phil“, forderte ihn die Nymphe auf es zu beenden.

Doch Phil weigerte sich. Für ihn war jedes Leben kostbar, auch das des verzweifelten Elfen. „Kümmere dich um Teglas“, schlug er vor. „Wir bringen ihn lieber zu den anderen. Er wird seine Mitstreiter kennen.“

Ein Pfeil schoss aus dem Schatten und traf den Kopf des Elfen. Er war augenblicklich tot. Offenbar wollte ihn jemand zum Schweigen bringen.

Der Zwerg stürzte ins Lager und rang nach Luft. Seine Rüstung war überströmt mit Blut. „Athele“, keuchte er. „Es ist Athele, sie führt sie an.“

„Warum wehrst du dich so?“, fauchte die Elfe vom Eingang ihn an. „Das ihr jämmerlichen Zwerge aber auch immer so zäh sein müsst.“

„Athele?“, entfuhr es Teglas, der noch immer mit dem Leben Rang. „Was hat das zu bedeuten?“

„Verstehst du es nicht? Wie viele Jahre bin ich zu Kreuze gekrochen, habe den Speichel der Alten im Rat geleckt und mich ihnen dargeboten, damit ich endlich etwas Wert hatte in der Gemeinschaft der Diesseitigen. Doch jetzt habe ich ihr Potential erkannt und die Zeit der Rache ist gekommen. Die Unterdrückungen haben ein Ende, denn hier und heute wird der Rat von C'Tusk endgültig vernichtet werden. Ich lasse dir daher die Wahl, tritt an meine Seite oder stirb mit ihnen."

„Athele", stammelte Teglas. „Aber ich… Ich liebe dich. Du würdest so etwas niemals tun. Der Sumpf ist unsere Heimat."

„Weil wir ausgestoßen wurden, hast du es noch immer nicht begriffen? Tagalan verachtet uns. Sie gibt uns eine Chance das zu ändern."

Herkyna fesselte die Elfe mit einer Handbewegung und wendete den Blick ab, als der Zwerg mit letzter Kraft zum Schlag ansetzte. Die hilflosen Schreie der Elfe würden die Anwesenden noch lange Zeit begleiten, als die Axt des Zwerges auf Athele einschlug.

Niemand sagte etwas, auch nicht als der Elf und der Zwerg geheilt waren.

Schließlich fasste Phil einen Entschluss, das stetige Töten und Morden musste ein Ende haben.

Der erste Angriff war überstanden, doch der Feldzug führte sie immer tiefer in den Süden. Hinter jeder Ecke lauerte Gefahr.

Perrys Speer hämmerte leise auf ihrem Harnisch, während sie sich in den Schatten um sie herum umsah. Als sie die Hand des Elfen spürte, beruhigte sie sich ein wenig.

Lolote begleitete sie und eine kleine Einheit im Angriff gegen die Vampire. Er verstand nicht warum sie in den Süden zog, auch nicht warum er und seine Begleiter zum Marsch gezwungen wurden. Es musste mehr dahinter stecken, als die bloße Gier nach Territorium und Macht. Angewidert sah er zu den Amphibianern vor ihnen herüber. Sie benutzte die unschuldigen Küstenbewohner als Lockvogel, damit sie zuerst von den Vampiren attackiert worden. „Kannst du sie noch immer hören?", erkundigte er sich bei der kleinen Maggo.

Das kleine Mädchen nickte schwach. „Sie weint", sagte sie.

„Dann sag ihr, das wird bald ein Ende haben!", presste der Elf zwischen den Zähnen hervor.

Wie wertloses Vieh trieben die Elfen die Amphibianer mit ihren Speeren an, während die hinteren

Reihen die neuen Waffen im Anschlag hielten, um auf die Vampire schießen zu können.

Der Schleier der Nacht kroch aus seinen Poren aus dem Boden und hauchte ihnen einen kalten Schauer auf die Haut. Ein Kirchturm läutete und aus den Gräbern vor ihnen erhoben sich die Toten, in verfaultem Fleisch gekleidete Ghule, die nach dem Fleisch der Lebenden gierten. Sie waren für die Vampire wie eine hirnlose Kriegswaffe, die sie jederzeit in die Schlacht rufen konnten, um sich blindlings ihren Widersachern entgegen zu werfen. Der Angriff erfolgte derart schnell, dass nicht nur die Amphibianer den Untoten zum Opfer fielen, auch die Soldaten der Herrin hatten nicht mit solchen Wesen gerechnet und wurden augenscheinlich von den Ghulen zerrissen. Ihre Pflöcke aus Holz und die Speere waren gegen das bereits verdorbene Fleisch auf den Knochen der Toten nutzlos, sie drangen ein, schlugen Stücke heraus, doch es streckte sie nicht nieder, es war als würden sie nicht einmal Schmerzen dabei erdulden. Stöhnend packte eine der Kreaturen einen der Soldaten, riss das Maul weit auf und biss zu.

Er schlug mit dem Schwert auf den Untoten ein und trennte den Kopf von den Schultern. „Ihr müsst die Köpfe abtrennen!“, rief er den anderen zu, als ihn etwas am Bein ergriff. Der Blick des Elfen war leer, die Pupillen weiß wie Schnee und der Verstand verschwunden hinter einer eisigen Mauer. Der Elf unter ihm stieß die gleichen leblosen Geräusche aus, wie die Ghule es taten, da verstand er es. Sie würden selbst zum Nutzvieh der Vampire werden.

Schüsse fielen und Staub rieselte auf ihn herab. Die Vampire nutzten das Chaos und griffen in den Kampf ein, niemand sollte überleben.

Er trat den Elf von sich, schlug ihm den Kopf ab und rannte Perry und Maggo zur Hilfe.

„Ich werde mitkommen“, sagte Herkyna, auch wenn sie die Antwort darauf bereits kannte.

„Es ist besser, wenn du hier bei Teglas bleibst, es ist zu gefährlich für dich und sie brauchen hier noch immer deine Hilfe.“

„Dann empfindest du also doch noch etwas für sie?“

„Nein“, entgegnete Phil fest. Wie auch, es war zu viel zwischen ihnen passiert. Und doch wollte irgendetwas in ihm sie unbedingt wiedersehen. Vielleicht war es nur die Hoffnung auf eine Erklärung.

„Ich werde ebenfalls mitkommen“, gestand der Zwerg. „Sie soll die stählerne Axt von C'Tusk zu spüren bekommen. Keine Reue und keine Wiedergutmachung soll ihr gezollt werden.“

„Und was ist mit dem Rat?“, fragte Phil nach.

„Der Rat wurde aufgelöst“, sprach der Zwerg. „Fürs erste jedenfalls. Teglas macht das schon.“

„Ich kann euch nicht beide auf Viktor mitnehmen.“

„Bei meinem Bart“, entfuhr es dem Zwerg. „Als würde ich mit dir auf ein Pferd steigen, siehst du wie kurz meine Beine sind?“

„Dann werden wir Tage brauchen ehe wir den Süden erreichen.“

„Schonmal was von Ponys gehört?“, feixte der Zwerg. „Du kannst das Blondchen mit in den Sattel zerren, ich bleibe bei meinem Bubbi.“

Phil ignorierte das Lachen des Dämons auf seinen Schultern. „Was für ein Name.“ Luz rang laut nach Luft.

Der Zwerg stieg auf den kleinen Bubbi und legte die Zügel an. „Ihr könnt ab heute Toggle zu mir sagen."

Überall um ihn herum sammelte sich das Blut in kleinen Rinnen unter dem Boden und floss zu großen Pfützen zusammen. Schlag auf Schlag, Schuss auf Schuss, starben die Menschen um ihn herum. Er wünschte er wäre daheim und könnte mit Penthos Fußball spielen oder vielleicht verstecken.

„Du musst der König von Utai sein", grüßte ihn eine feste Stimme. „Du bist wahrlich noch ein Kind. Die Götter stellen mich auf eine harte Probe, dich hier und heute töten zu müssen."

Theo sah den Mann in der blauen Rüstung fragend an. Woher kannte er ihn bloß?

„Du weißt nicht, wer ich bin?", schlussfolgerte sein Gegenüber aus seinem Zögern. „Mein Name ist Beduin, König von Bandor. Es ist kein Zufall, dass wir uns hier begegnen, ich denke das sollte ein Knabe wie du bereits gelernt haben."

„Ich möchte diesen Krieg nicht", sagte Theo ohne darüber nachzudenken.

„Wer möchte den schon", sprach König Beduin. „So viele Unschuldige haben ihr Leben gelassen und viele weitere würden ihnen folgen, wenn wir es nicht beenden."

„Dann können wir einfach Fußball spielen?", strahlte der Junge und blickte dabei in das entsetzte Gesicht des Mannes.

„Erlaubst du dir einen Scherz mit mir?"

Theo schüttelte eifrig den Kopf. Er war zu allem anderen als scherzen aufgelegt. Am liebsten hätte er einfach gleich losgeheult.

„Einer von uns beiden muss sterben, damit das hier enden kann. Und nur die Götter wissen, dass ich es nicht sein werde!"

Ein Hieb verletzte sein Pferd und er stürzte zu Boden, direkt in eine der Pfützen aus Blut. Es war noch warm, als er es sich aus dem Gesicht rieb.

Wie aus dem Nichts stand Beduin über ihn gebeugt und hielt ihm sein Eisen an die Kehle. „Bei den Göttern", entfuhr es dem König, als der Knabe vor ihm zu weinen begann. „Du bist wirklich nur ein einfacher Junge, kein Scheusal, kein brutaler Herrscher." Er zog das Schwert zurück und bot dem Jungen eine Hand an. „Mögen die Götter mich für meine Torheit rügen, doch so darf es nicht sein.“

Theo zögerte einen Augenblick, ehe er schließlich die Hand ergriff. „Ich werde den Soldaten den Rückzug befehlen“, hörte er den Mann sagen. Dann spaltete sich plötzlich sein Gesicht und hinter ihm lachte die Fratze Plutos.

„Nichts wird du“, lachte der Krieg.

Entsetzt starrte Theo auf den leblosen Körper des Königs.

„Der Krieg ist nicht vorbei“, bestand sein Berater darauf die Schlacht fortzuführen.

„Aber der König ist tot“, widersprach der Knabe.

„Das spielt keine Rolle. Es geht nicht um den Sieg, es geht nur um den Krieg“, sprach der rote Reiter. „Und nun steh auf und mach weiter!“

Theo schüttelte den Kopf.

„Du weigerst dich?“, brüllte er den Jungen an. „Dann wirst du hier und jetzt ebenso sterben müssen. Eine Pattsituation wird den Hass auf beiden Seiten verschärfen. Obschon es mir lieber gewesen wäre, dich dafür verantwortlich zu machen.“ Er deutete dabei auf den toten König.

Das breite Schwert stach auf ihn ein, er schloss die Augen und spürte wie ihn die Kälte durchfuhr.

„Das kann ich nicht zu lassen", hörte er eine ihm bekannte Stimme.

Als er die Augen öffnete, sah er, wie ein blaues Leuchten seinen Körper umschloss und ihm vor dem Hieb bewahrte. „Penthos", rief er seinen Freund.

Der Magier stellte sich zwischen ihm und den Krieg. „Ich werde immer an deiner Seite sein, mein König."

„Du Narr", brüllte der Krieg. „Du weißt nicht, mit wem du es zu tun hast."

Bella bäumte sich auf, schrie und spie Flammen aus ihrem Schlund, die das Blut um sie herum auf der Erde entflammte und die Drei in einem Meer aus Flammen baden ließ.

Angestrengt hielt Penthos seine Barriere gegen die Flammen, doch die Macht des Reiters war groß. Ewig würde er ihn nicht aufhalten können. „Ich öffne dir einen Weg durch das Feuer", presste er angestrengt hervor. „Du musst vor ihm fliehen."

„Ich gehe nicht ohne dich", widersprach der Junge.

„Das musst du“, sagte Penthos. „Ich halte ihn auf. Keine Sorge, wir werden uns wiedersehen, das weiß ich.“

Blaues Licht teilte die Flammen in zwei und öffneten eine kleine Passage hinaus, in die der Magier den jungen König hinausstieß. Dann schlossen sich die Flammen wieder und versperrten dem König die Sicht auf den Kampf. Immer wieder rief er nach dem Magier, doch die lodernden Flammen verschlangen seine Stimme.

„Ich wusste, du bist ein Scheusal“, spie Penthos dem Reiter entgegen und erntete dafür ein schallendes Gelächter.

„Der Krieg ist kein Scheusal, er ist das Ende der Zivilisation, das Ende von allem. Erst wenn das letzte Leben auf Erden erlöschen ist, wird auch der Krieg seinen Frieden finden.“

Blaue Funken umhüllten Plutos, schlossen den Reiter ein in einer Hülle aus Magie, doch sein Pferd trat sie einfach nieder, wie eine Illusion die es zu sprengen galt.

„Es ist unnötig den Jungen zu beschützen, auch er wird am Ende unter meiner Klinge fallen.“

Eine Welle aus heißer Luft riss ihn von den Beinen und drückte ihn fest auf die kalte Erde. Mit letzter Kraft stemmte er sich gegen die Macht und zog sich auf die Knie. Die Hände und Finger leuchteten, formten Blitze aus kristallklarem Blau, als die Erde zu beben begann und eine Kreatur aus Stein und Lehm durch die Feuerwand schritt.

„Sieh wie erfinderisch die Sterblichen sind", lachte der Krieg. „Eine beinahe lebende Waffe, um die Gegner qualvoll zu zerquetschen. Eine wahre Darbietung für die Götter. Spiel mit ihm, du kannst nichts töten, was bereits tot ist." Der Krieg sprang durch die Flammen und riss auf dem Weg zurück auf das Schlachtfeld einen Soldaten nach dem anderen mit sich in den Tod.

Penthos hörte ihre schmerzerfüllten Schreie, bis das Klicken und Klacken des Golems vor seinen Augen die Geräusche übertönte. Ehe der Schlag ihn traf, fror seine Magie die Apparatur vor seinen Augen ein, doch es würde nicht lange anhalten, das Eis zeigte bereits erste Risse, als er sich zurück auf die Beine zog.

Es gelang ihnen die erste Welle der Vampire abzuwehren, doch noch sollte es nicht vorbei sein.

Er zerrte Maggo von einem der Ghule fort und schlug ihn nieder. Als er sich nach der Kleinen erkundigte, sackte sie wehklagend in sich zusammen. „Maggo“, rief er in ihr Gedächtnis.

Das Mädchen öffnete in seinen Armen die Augen und keuchte: „Es ist die Königin. Jemand greift die Königin an. Sie leidet fürchterliche Schmerzen. Ihre Schreie rauben mir den Verstand.“

Auch die übrigen Amphibianer krümmten sich, ohne auf die Angreifer zu achten.

Er trat einen der Elfen neben sich zur Seite, raubte ihm die Waffe und schoss wild darauf los, dabei rief er Perry, sie soll die Übrigen vor den Vampiren retten. Überall wo seine Pflöcke auf die Untoten trafen rieselte es Staub auf sie herab. Schließlich trat etwas aus den grauen Wolken hervor. Wütend und tobend trat sie nach den Kröten um sich herum, die sich nutzlos über den Erdboden beugten. Es war nicht die Art von Ablenkung, die er sich durch die neuen Verbündeten erhofft hatte, doch es sollte reichen. Gerade als die Herrin der Elfen einen der klagenden Lurche niederstach, um so die Kampfmoral bei den

Überlebenden wieder zu entfachen, legte er an und zielte auf ihre Brust. Der kleine Salamander gluckste, als er den Mechanismus betätigte. Der Bolzen löste aus, schnellte heraus und zerschnitt bei seinem Flug die Luft mit lautem Zischen. Es war der Moment auf den er so sehnlichst gewartet hatte. Nur einen Augenblick später und all die Verstorbenen wären durch seine Hand gerächt worden. Er tat es für seine Familie und für die Familien all Jener, die unter ihrem Zorn gelitten hatten.

Das Holz schlug ein und drückte die Elfe von den Beinen. Doch die Entfernung war zu groß und der Pflock prallte an ihrem Harnisch ab. Wutschnaubend richtete sie ihren Blick auf ihn und stampfte ihm entgegen.

„Verräter“, knirschte sie mit den Zähnen. „Ich werde dich eigenhändig zerreißen!“ Zorn färbte ihre Augen rot, ließ das Blut in ihren Adern aufsteigen und Haut und Muskeln anspannen, dass sich das Gesicht zu einer entsetzlichen Fratze verzerrte. Das musste ihr wahres Gesicht sein, durchfuhr es den Elf.

Einer der Amphibianer warf sich ihr auf den Rücken, bot ihm eine Gelegenheit vor ihrem Zorn zu entrinnen. Er zahlte mit seinem Leben, als sie ihm von den Schultern warf. Die Übrigen taten es ihm gleich, bis sie nach ihren Wachen rief und sie umstellt wurden.

„Was soll das hier werden?“, herrschte sie, dass der Boden beinahe bebte.

„Es ist vorbei“, sagte Lolote. „Ich werde dir nicht länger folgen. Zu viele haben bereits wegen dir ihr Leben verloren. Lass die anderen am Leben und nimm meins, wenn du Blut für deine Klinge brauchst. Das Vertrauen in meine Herrin habe ich bereits vor langer Zeit verloren.“

„Ah!“, fluchte sie. „Ich habe keine Zeit für einen solchen Unsinn.“

„Was hast du vor? Willst du, dass wir alle gegen diese Kreaturen unser Leben lassen, damit du ein Imperium aufbauen kannst?“

„Du verstehst es nicht. Es geht nicht um Macht, wir müssen diese Biester ausrotten, ehe es zu spät ist.“

„Dann musst du das ohne uns tun.“

„Das werde ich“, schnaufte sie und wies ihren Wachen an, sie an die Grabsteine zu binden. Sie mussten weiter zur Hauptstadt, sollen die Biester sie selbst reißen kommen.

Lolote verfluchte seinen kläglichen Versuch, als er und die anderen gefesselt wurden. Er hatte den Moment verpasst, nun musste die Anderen seinetwegen büßen. Er hasste sich dafür, wären nicht Perry und Maggo dabei gewesen, hätte er sich ihr schon viel eher gestellt, als der Irrsinn in ihr noch nicht soweit fortgeschritten war.

Theo rannte durch die Menge aus Blut und Stahl. Schilde prallten scheppernd aneinander und überall um ihn herum schrie jemand.

„Mein König", erkannte ihn einer der Soldaten. Er warf sich vor ihm und wurde von einem Schwert durchbohrt. „Lang lebe der König", waren seine letzten Worte ehe sich seine Augen zu Glas formten.

Wo er auch hinlief, das Leiden und der Tod folgte ihm. Golems stampften Soldaten nieder, wie lästiges Ungeziefer. Und dann hörte er ein Surren über sich. Ein Pumpen aus heißer Luft ergoss sich über den Nachthimmel und kleine Flammen leuchteten zwischen den Sternen. Sie warfen etwas herab in die Menge, als es aufschlug machte es einen fürchterlich

Knall und schleuderte Dreck, Soldaten und Blut durch die Luft.

Er suchte Deckung hinter einem der Felsen, hoffte, dass es bald enden würde, doch das tat es nicht. Er hielt sich die Ohren zu und hörte noch immer die Explosionen und die Schreie.

Er kroch tiefer in den Spalt hinein und weinte. Sein Schluchzen war derart laut, dass einer der Soldaten ihn schließlich bemerkte und aus dem Felsen zerrte. „Lang lebe der König“, lachte der Streiter Bandors und erhob lachend sein Schwert gegen den Jungen.

Theo kniff die Augen zu, schluchzte und rief nach seinem Vater. Er mochte grausam und bestialisch gewesen sein, doch er hätte ihn gerettet. Da war er sich sicher.

„Theo“, hörte er eine bekannte Stimme rufen. Der Leib des Soldaten fiel auf den Boden. „Wir müssen hier fort“, sagte Penthos. „Das ist nicht bloß eine Schlacht, es ist das Ende Tagalans. Vielleicht sogar das Ende der ganzen Welt.“ Er schloss den Jungen in die Arme und lauschte in den Himmel. Einer der Ballons warf etwas über sie ab.

„Geht es dir gut?“, erkundigte sich Lolote nach der kleinen Maggo.

Sie antwortete mit einem schwachen „Ja“.

Wölfe heulten in der Ferne und er hörte das feuern der Waffen. Die Elfen mussten auf eine weitere Angriffswelle gestoßen sein, nicht allzu weit von ihnen entfernt.

„Und die Königin?“, fragte er weiter, erhielt jedoch keine Antwort von der Kleinen am Grabstein neben ihm.

„Es war nicht sie“, hörte er einen der Amphibianer hinter sich. „Nicht die Elfen haben unsere Königin getötet, es waren die Menschen. Sie kamen aus dem nichts und zerstörten unsere Stadt mit ihren Waffen.“

„Feuer und Tod fiel vom Himmel“, ergänzte ein Zweiter.

„Einige landeten mit ihren Ballons und schossen auf unsere Freunde und auf die Königin. Das Geräusch ihrer Waffen muss schrecklich gewesen sein.“

„Sie hörte nicht auf zu weinen, bis sie starb.“

Die Menschen, durchfuhr es Lolote. Aber warum sollten sie das tun? War es die Wut oder der Frust, dass sie die Festung der Amphibianer nie haben einnehmen können? Waren sie ihnen deshalb ein solcher Dorn im Auge gewesen?

„Unsere Jungen und die Ammen haben überlebt", fügte das froschähnliche Wesen nach einer Weile hinzu. „Sie haben sie im Meer nicht finden können."

„Von nun an ist Maggo unsere Königin."

Die Amphibianer quakten und fiepten ihren Beifall, lobten und priesen die neue Herrin von Ívik.

Angelockt von all dem Lärm, stiegen Ghule aus ihren Kammern auf und wankten auf sie zu. Lolote versuchte sie zu beruhigen, doch sie waren bereits entdeckt worden.

Hufschläge schallten durch die klare Nacht, rhythmisch und gleichmäßig. Selbst die Tritte des kleinen Ponys standen denen von Viktor in nichts nach. Er fragte sich, ob es am Gewicht des Zwerges oder an dessen Rüstung lag.

„Die Sonne wird also nicht mehr aufgehen?", hakte der Zwerg nervös nach. „Nicht, dass ich die Dunkelheit nicht aus den Tunneln in den Bergen gewohnt bin, aber dort ist es nicht so kalt."

Phil bemerkte sein Unbehagen und versuchte ihn abzulenken. „Wie lange ist es her, seit du Metbrunn verlassen hast?"

„Solange, dass ich dachte ich wäre ein Elf." Der Zwerg lachte. „Natürlich ein Elf, der gerne Met trinkt."

„So Einen gibt es nicht", feixte Phil und freute sich über die Laune des Zwerges. Er erinnerte ihn an die Zwerge in seiner Heimat. Sie waren gut gelaunt, aufgeschlossen und für jeden Scherz zu haben. Nicht wie die Zwerge in Metbrunn, die sich in ihren Bergen verkrochen und alles was kein Zwerg war verachteten.

„Was wirst du tun, wenn wir sie erreichen?", fragte Herkyna und sah zu den Sternen hinauf.

„Das weiß ich nicht", sagte Phil.

„Wirst du ihr folgen?"

„Wir haben uns bereits vor einiger Zeit entschieden getrennte Wege zu gehen. Nur Weya weiß, warum wir uns hier und so wiedersehen müssen."

Sie nickte verständlich. „Dann ist sie keine Bestie?"

Er schüttelte schwach den Kopf ohne etwas zu sagen. Hilferufe weckten seine Aufmerksamkeit. Er schlug dem Schimmel die Hacken in die Seite und galoppierte los, Toggle folgte dicht hinter ihm.

Sie erreichten einen alten Friedhof auf dem sich lose Erde befand, als habe jemand die Verstorbenen ausgraben wollen. Behutsam lenkten sie die Pferde an den Erdlöchern vorbei, ohne dass sie in eines davon hineintraten. Dann entdeckten sie eine Gruppe von gefesselten Kriegern.

„Bei Weya", entfuhr es Phil, als er sah wie sich eine halb zerrissene Kreatur an einem der Gefangenen zu schaffen machte.

Toggle sprang vom Pferd und schlug mit der Axt um sich, spaltete dabei die Schädel der Untoten. „Wie habe ich das vermisst", strahlte er. „Sie sind zwar schon tot, aber was soll´s."

Zusammen mit der Magie der Nymphe, gelang es ihnen die Ghule zu bezwingen und die Gefangenen zu befreien.

„Wer seid ihr?", fragte ihn einer der Elfen.

Phil stellte sich knapp vor und versicherte ihm, nicht Teil ihres Plans zu sein. Er konnte nicht glauben, dass sie die Leute gefesselt hatte, um sie den Untoten zum Fraß vorzuwerfen.

„Du willst mit ihr reden?“, erkundigte sich Lolote irritiert. „Das wird wohl kaum etwas nützen.“

„Das wird Weya entscheiden müssen“, sagte er lasch.

„Sie sind zur Hauptstadt“, wandte sich eine Zentaurin an ihn. „Irgendetwas scheint dort vorzugehen. Sie hatte es sehr eilig.“

„Warum ist dieses Mädchen hier?“, wunderte sich Phil. „Ist sie nicht zu jung für einen Feldzug?“

„Sie ist die neue Königin der Amphibianer“, erklärte der Elf. „Ich hielt es für sicherer sie bei mir zu haben und sie so vor ihr zu beschützen.“

Er zögerte einen Moment und dachte über die Worte nach. „In welche Richtung sind sie?“

Die kleine Maggo deutete nach Vorne.

„Du solltest mit ihr zurück in den Norden“, sagte Phil zum Elfen. „Es ist hier zu gefährlich für sie.“

„Das ist es im Norden auch“, entgegnete er. Als ihn der Priester fragend an sah, fügte er hinzu: „Der Krieg greift um sich und hat bereits die Küste erreicht, nur die Götter wissen, ob sie bereits im Wald eingefallen sind.“

„Wer?“, fragte Phil.

„Utai“, sagte er knapp. „Es ist, als wollen die Menschen alles und jeden vernichten.“

Es dauerte einen Moment ehe er begriff. Der Krieg, der Krieg vernichtete sie alle. Das war Teil des Plans, Teil der ewigen Nacht, der Nacht ohne Morgen. Er musste sie finden und dann musste er diesen Krieg beenden. Er war bereits zu weit gegangen um umzukehren. Möge Weya seiner Schwäche verzeihen und all die verstorbenen Seelen in ihre ewige Ruhe aufnehmen. Er folgte ihr in den Süden, dabei brauchte ihn der Norden. Doch was konnte er gegen ein derart gewaltiges Heer unternehmen? Er musste weiter, ganz gleich was passierte. Sie konnte nicht mehr weit sein.

„Phil“, riss ihn die Nymphe aus seinen Gedanken. „Wir müssen weiter.“

„Wir begleiten euch.“ Lolote gab ihm eine der Waffen. „Sie hat diese Dinger gebaut um die Vampire zu vernichten. Du solltest nicht ohne Waffe umherziehen. Nicht hier und nicht heute Nacht.“

Er zögerte einen Augenblick, nahm dann jedoch die Waffe entgegen. Der Salamander gluckste in seinen Händen.

Endlich waren sie angekommen. Vor ihr lag die triste Stadt Memaria, Heimat der Vampire. Einst von Menschen besiedelt, erlag die Stadt eines Tages dem unstillbaren Verlangen der Blutsauger und wurde von ihnen schließlich gänzlich übernommen. Viele der Bauwerke wirkten heruntergekommen, waren von Moos und von Rissen besudelt.

Sie blickte nach oben.

Auf einem Felsen thronte das Schloss, ein gewaltiges Bauwerk, nicht vergleichbar mit der Kunst der Elfen und Zwerge, doch für ein von Menschenhand erbautes Werk muss es einst ein prachtvolles Anwesen gewesen sein. Der Vollmond versuchte sich hinter dem Schloss zu verbergen, hob es dabei deutlich vom grauen Felsen hervor. Ein ungewöhnlicher roter Schleier zierte seine Rundungen. Es war ein schauriger Anblick, den die Kulisse der Nacht zur Schau stellte.

Die Wölfe ihrer Krieger heulten dem Mond entgegen. Beim Versuch sie zu beruhigen, erhoben sich die Vampire und begannen zu tanzen.

„Wir haben euch erwartet", grüßte sie einer der Beißer.

Prompt richtete sie die Waffe gegen ihn. „Wo ist sie?“, knurrte sie.

„Sie ist im Schloss.“ Er drückte die Waffe herab. „Ihr werdet sie hier nicht brauchen. Wir sind viel mehr als ihr euch vorstellen könnt. Es wäre … töricht von euch.“

Sie riss die Waffe aus seiner Hand und hielt sie mit knirschenden Zähnen vor sein Gesicht. „Bring mich zu ihr oder friss deinen eigenen Staub.“

Noch während sie den Felsen erklommen, schallte eine freudige Melodie zu ihnen herab. Überall tanzten die Vampire, wirbelten durch die Luft und sangen. Sie sangen vom Mond, von der Nacht, von Liebe und vom Tod.

„Das Singen wird euch noch vergehen“, warnte sie den Vampir.

Dieser schüttelte den Kopf. „Nicht wir sind es, die vergehen werden, sondern ihr. Sie wird euch vor eine Wahl stellen, seid bereit und handelt klug. Nicht tollkühn, wie man es euch nachsagt.“

Sie betraten den Thronsaal indem die Vampire einen Ball abhielten. Sie lachten und tanzten und sangen. Strichen oder bliesen ihre Instrumente und jubelten und priesen die Nacht aller Nächte.

Über einer der Emporen erspähte sie Annie und ihre Schwester. Sie hielten einander fest umschlungen und schwebten durch die Luft. Mit einem Schuss verfehlte sie die Beiden, weckte jedoch ihre Aufmerksamkeit.

„Du bist also gekommen“, begrüßte sie Annie. „Genau zur richtigen Zeit.“

„Was hast du mit meiner Schwester getan? Nevina“, rief sie ihre kleine Schwester.

„Du musst dich nicht sorgen“, sagte sie mit gelassener Stimme. „Ich bin hier zuhause.“

„Das bist du nicht! Du kommst mit mir zurück in den Wald!“

Nevina schüttelte den Kopf. „Aber das geht nicht“, erklärte sie. „Ich bin ihre Königin. Sie brauchen mich hier. Sie brauchen jemanden, der ihnen die Freuden des gefühllosen Daseins zeigt.“

„Hör dich nur an, Schwester! Du redest wirres Zeug!“

„Das tut sie nicht“, sagte Annie. „Sie ist unsere Herrscherin. Auserkoren von den Schatten, soll sie unser Volk leiten und in dieser unheiligen Nacht anführen, auf dass wir über alles Sterbliche siegen. Wie oft haben wir es dir vorhergesagt, doch du wolltest es nicht hören. Sie ist eine von uns."

„Nein", schrie sie, der Bolzen verfehlte den Vampir und prallte gegen die Wand. „Ich bin hier um euch zu vernichten!" Dann rief sie ihr Gefolge zum Angriff.

Ringsum das Schloss erhoben sich die Vampire und flogen herbei um sich und ihr Volk zu schützen.

„Du hättest dich uns anschließen können", erklärte Annie sanft. „Obwohl du mir meine Eltern genommen hast. Und doch bleibst du dir und deiner Torheit treu. Dann soll es so sein!"

Als sich der Staub um sie herum legte, hörten sie ein Summen über sich. Es war nicht das Fauchen der Ballons und deren Flammen, es war ein natürliches Summen. Ein Summen, wie es Bienen von sich gaben. Große Bienen.

Der Ballon über ihnen stürzte vom Himmel und explodierte am Boden. Der Himmel über Penthos und Theo füllte sich mit Bienen auf denen kleine Soldaten ritten.

„Die Zwerge“, wunderte sich der Magier. „Sie sind von ihrem Berg gekommen, um uns beizustehen.“

Äxte zerschnitten die Ballons am Himmel, doch die Menschen gaben nicht so einfach auf. Laute Schüsse, wie die Explosionen, die die Ballons verursachten, schallten über sie hinweg und kleine Funken leuchteten dort auf, wo sie entsprangen. Die ersten Zwerge stürzten von ihren Bienen herab in die Tiefe.

„Das ist die mit Abstand schlimmste Schlacht aller Zeiten“, versicherte er dem Jungen. „Wir müssen einen Weg hier raus finden, ehe wir ums Leben kommen.“

Eine Axt schlug auf den Jungen ein.

„Was tust du da?“, rief eine Stimme hinter ihm.

„Es ist doch der König von Utai, oder?“

„Das ist ein Kind, Boggle“, sagte der Zwerg

„Na und? Können Kinder kein König sein?“

„Wenn du dich nicht traust gegen die Soldaten zu kämpfen, dann ist das noch kein Grund dem Jungen etwas anzutun.“

„Es würde den Krieg aber beenden“, beharrte der Zwerg.

„Das würde es nicht“, pflichtete Penthos dem anderen Zwerg bei. „Beduin ist bereits seit einiger Zeit gefallen, doch es scheint niemanden zu interessieren.“

„Siehst du“, strahlte Moggle.

„Das hast du aber nicht gesagt“, protestierte der Zwerg.

„Ich muss doch nichts sagen um Recht zu haben“, entgegnete Moggle.

„Doch“, bestand Boggle. „Beim Recht geht es darum das Gerechte gesagt zu haben.“

„Oh, entschuldige“, widersprach sein Bruder. „Ich habe ganz vergessen, wie studiert du doch bist. Und das obwohl du mit mir die ganze Zeit in den Tunneln gegraben hast.“

„Lach du nur“, feixte Boggle. „Ich bin eben der Klügere von uns. Das habe ich von Großmutter.“

„Du weißt nicht einmal wie man ihren Namen schreibt.“

„Und ob!“

Ich unterbreche euch nur ungern“, schritt der Magier in die Debatte ein. „Aber was genau habt ihr hier vor?“

„Den Krieg beenden“, sagte einer der Zwerge. „Dazu müssen wir natürlich erst einmal selber in den Krieg einsteigen. Da unser König nicht viel von Formalitäten hält, hat er entschieden einfach mitzumischen. Egal auf welcher Seite.“

„Das hat er so nicht gesagt“, widersprach sein Bruder. „Er sagte …“

„Ist doch egal was er sagte, halt die Axt nicht in mein Gesicht, wenn du mit mir sprichst.“

„Oh, Verzeihung. Seit wann haben wir eine Allergie gegen Zwergenstahl?“

„Es geht nicht um den Stahl, sondern darum, das du nicht damit umzugehen weißt.“

„Könnt ihr uns hier raus führen?“, versuchte es Penthos erneut. „Der König muss um jeden Preis überleben.“

„Das werden wir nicht schaffen“, sagte Boggle. „Das Schlachtfeld ist viel zu groß.“

„Es sieht sogar so aus, als würde es sich immer weiter ausbreiten“, fügte sein Bruder hinzu.

Penthos sah zu dem weinenden Jungen herüber. „Wir müssen es versuchen.“

„Es ist so wunderschön“, staunte Luz, als sie Memaria erreichten. „Dieser kalte Schauer, die gequälten Schreie aus dem Schloss und dieser blutrote Mond. Ich wusste, du würdest dich für die richtige Seite entscheiden.“

„Was hat zu bedeuten?“, fragte Phil.

Der Engel erklärte es ihm. „Die Untoten, besonders die Vampire sind dämonische Geschöpfe. Sie wurden aus einer List der Dämonen heraus geboren und fristen ein Dasein zwischen Tod und Leben, fernab vom Licht.“ An den Dämon gerichtet fügte er hinzu: „Wir sind jedoch nicht hier, um uns ihnen anzuschließen, sondern, um sie zu bekämpfen, nicht wahr Phil?“

Die Vampire flogen hoch zum Schloss und strömten durch die Fenster hinein, sie musste dort oben sein.

„Und da geht er einfach“, feixte Luz. „Dein großer Held.“

Die Schüsse und Schreie verstummten, als sie das Tor erreichten. Knarrend schob sich die Tür auf und führt sie ins Innere.

Sofort erkannte er die Elfe vor ihm wieder. „Nevina“, freute er sich die Kleine wiederzusehen. Sie sah ihn ebenso gefühllos wie jeden anderen an. Sie schien sich in all der Zeit ohne ihn nicht verändert zu haben. „Du weißt, wer ich bin?“

„Du bist so wie jeder andere und doch rieche ich den Tod an dir. Du bist ihm begegnet. Dem Ende und dem Anfang von allem.“

„Wo ist deine Schwester?“

„Sie ist hier.“ Die kleine Elfe trat lautlos zur Seite und gab den Blick auf die Herrin der Elfen frei.

„Penele?“, wunderte er sich. Sie war es wirklich. Sie war noch immer so schön, wie er sie im Gedächtnis behalten hatte, doch der Zorn in ihr war groß. Er spürte ihn, wie einen Sonnenbrand auf der Haut.

„Phil“, grüßte sie, mehr nicht.

„Was…?“, fragte er, wurde jedoch von ihr unterbrochen.

„Sie haben mir meine kleine Schwester genommen“, suchte sie sich zu erklären. „Ich musste es tun.“

„Dann ist sie eine von ihnen?“ Er wich ihrer Erklärung aus, er wollte sie nicht hören und nur Weya würde ihr verzeihen können für all ihre Taten. Dennoch spürte er ein beruhigenden Gefühl in seinem Inneren.

„Sie ist unsere Königin“, fauchte Annie neben ihr. „Und ihre Schwester hat nun die Wahl, sie kann sich von ihr beißen lassen und sich uns anschließen oder sie wird hier und heute sterben.“

„Du würdest zulassen, dass sie deine Schwester töten?“, wunderte sich Phil. „Nach allem was sie für dich durchgemacht hat? Niemand liebt dich mehr als sie.“

„Liebe ist nur der Versuch der Vergänglichkeit zu entrinnen“, sagte Nevina. „Ich möchte ihr die Unendlichkeit schenken.“

„Phil“, schluchzte Penele. „Du musst sie aufhalten, Phil.“ Annie schlug ihr ins Gesicht, damit sie schweigen sollte.

„Du kannst sie nicht zwingen“, redete er auf die Elfe ein. „Nicht, wenn du sie liebst.“ Er spürte bei diesen Worten den Blick der Elfe auf seinem Kopf. Er griff in seine Tunika und nahm das Kreuz daraus hervor.

Die Vampire fauchten bei dem Anblick des göttlichen Symbols.

„Du musst sie vernichten“, riet ihm der Engel ehe es zu spät war.

Er drückte Annie und Nevina in eine der Ecken. „Lass sie gehen."

„Ich gehe nicht ohne sie zurück", protestierte Penele.

„Das wirst du müssen", sagte er nüchtern. „Sie hat ihr eigenes Leben. Wenn das hier ihre Entscheidung ist, musst du lernen es zu akzeptieren."

„Niemals!"

„Denk an sie, nicht an dich", sagte Phil und begann einen Lobsang an Weya.

Die Vampire schrien und fauchten, als würde es ihnen Schmerzen bereiten. Schließlich fuhr Nevina auf und rief: „Wenn das deine Entscheidung ist, so schwärmt aus Freunde der Nacht."

Flügelschläge tobten um sie herum und eine riesige Schar Fledermäuse erhob sich und flog hinaus in die Nacht.

„Tagalan wird unser sein", fügte Annie hinzu und im nächsten Moment waren sie alleine im Schloss.

Auf einer der Emporen erblickte er den schwarzen Reiter mit seiner Sense, er nickte ihm zu und verschwand.

Es war schwer zu verstehen, dass sie ihn all die Jahre angelogen hatte, ihre Liebe und Zuneigung zu ihm nur gespielt hatte. Und warum? Einzig und allein aus ihrer Gier nach Macht und Ansehen. Wie hatte er sich nur so sehr in ihr täuschen können. Wenn er es geahnt hätte, dann hätte er niemals alles für sie riskiert und nicht nach der Medizin suchen lassen. Dann wäre sie gestorben, doch er wäre dort gewesen, als die übrigen Ratsmitglieder ermordet worden waren. Womöglich hätte er dann nicht diese innerliche Passion durchmachen müssen und würde noch immer an ihre einzig wahre Liebe glauben.

Teglas bot am Grab der verstorbenen Ratsmitglieder um Vergebung. Es war ein großes Grab mit goldenen Verzierungen, die sich den verschiedenen Rassen zuordnen ließen. Sie alle ruhten hier, bei den Ersten. Alle außer sie. Sie hatte er im Sumpf verstreuen lassen. Sie hatte es nicht verdient sich dem Rat anzuschließen.

Es würde einen neuen Rat geben, das wusste er. Sobald sie die Gefahr aus dem Wald überwunden hatte, würden er und Toggle die neuen Mitglieder auserwählen. C'Tusk musste überleben.

Ein leichter Windstoß ließ ein paar Erdbrocken über das Grab kullern.

Manchmal wünschte er sich, er wäre damals im Wald geblieben und nicht mit ihr in den Sumpf gezogen. Es musste damals bereits einen Grund für ihren Verstoß gegeben haben. Er hatte es bloß nicht sehen wollen.

Plötzlich brauch Panik in der Stadt aus. Diesseitige rannten umher und liefen zu ihren Waffen.

Aus dem Grab hörte er ein Stöhnen und dann erhob sich die Erde und mit ihr die Verstorbenen. Eine fleischige Hand ergriff sein Bein, er trat sie von sich und ging einige Schritte zurück.

Schatten landeten über dem Sumpf und mit ihnen stiegen die Ghule aus ihren Gräbern.

Er wusste, was es bedeutete, es bedeutete, dass sie es nicht rechtzeitig geschafft hatten.

Er rannte zu den Waffen, er musste seinen Freunden beistehen und C'Tusk vor den Vampiren verteidigen.

Die Spannung zwischen seinen Begleitern war wie dichter Smog, der sich klamm auf seine Lunge legte und ihn zu ersticken drohte. Es war weder Herkyna noch Lolote recht, dass er Penele begleitete. Doch er konnte sie jetzt nicht verlassen. Sie brauchte ihn und er befürchtete das Schlimmste, sollte er sie jetzt erneut verlassen. Außerdem erhoffte er sich so die ein oder andere Antwort. Es musste ihm nur gelingen die richtigen Worte zu wählen. Er glaubte zu spüren, wie sie ihn ansah und dasselbe dachte.

„Du solltest sie gehen lassen", versuchte er es schließlich.

Sie knurrte nur.

„Sie bleibt deine Schwester, ganz gleich was passiert ist."

„Meine Schwester ist keine Untote, schon gar nicht ihre Königin."

„Sie hätte uns alle umbringen können, du solltest ihr mehr vertrauen."

„So wie ich dir vertraut habe?"

„Wir haben beide entschieden, dass es so besser für jeden von uns war."

„Und wenn es falsch war?" Penele sah ihn kurz an, wich dann jedoch seinem Blick aus. „Du hast Recht. Auch für mich gibt es kein zurück mehr. Die Erfs sehen zu mir auf." Sie sah zu Lolote herüber.

„Die Meisten von ihnen jedenfalls. Ich kann seinen Hass verstehen, doch was hätte ich tun sollen?“

„Du musst dich nicht bei mir rechtfertigen“, entgegnete Phil.

Als sie den Wald erreichten, rannten ihnen Elfen entgegen, Panik und Verzweiflung waren in ihr Gesicht gezeichnet worden. Und doch war man froh die Herrin wieder bei sich zu haben.

„Was ist geschehen?“, fragte sie.

„Die Menschen“, sagte der Elf. „Sie kamen aus der Luft und haben beinahe alles zerstört. Sie haben die Pläne unserer Waffen gestohlen und sie zu etwas Schrecklichem werden lassen.“

Die Trümmer der Stadt bohrten tiefe Stiche in ihr Herz. Wieder war diese Zerstörung ihr eigenes Werk. Wie konnte sie nur derart naiv gewesen sein. Sie war so wütend über den Feind im Süden, dass sie den Norden vergessen hatte. Und dieses Vergessen würde sie sich nie verzeihen.

Vorsichtig berührte Phil ihre Hand und hielt sie umschlossen. „Es ist nicht deine Schuld“, sagte er.

Sie zog die Hand zurück. „Doch das ist es.“

„Es ist noch nicht vorbei“, sagte Phil. „Die Nacht, die Untoten und der Krieg hängen alle zusammen, es ist an der Zeit es zu beenden.“

Sie sah ihn fragend an.

„Auch ich bin lange genug vor meinen Ängsten davon gerannt. Ich muss mich ihnen stellen. Doch ich brauche dazu dich und dein Heer.“ Dann fügte er hinzu. „Ein letztes Mal.“

Herkyna wandte sich von den Beiden ab und rieb sich die Augen ehe sie verschwand.

Er bemerkte es, rannte ihr nach, doch Lolote stellte sich ihm in den Weg.

„Ich werde ihr nicht noch einmal folgen“, sprach der Elf. „Für mich bleibt sie ein Monster, ganz gleich was ihre Motive sind.“

„Sie ist ebenso von Fehlern geleitet, wie jeder von uns, wenn wir blind für deren Anzeichen werden.“

„Du magst ihr vergeben“, sprach der Elf. „Doch ich werde es nicht.“

„Nur die Götter können ihr vergeben“, sagte Phil. „Ich verstehe auch dein Handeln, aber es geht nicht um sie oder dich und auch nicht um Rache. Wir müssen Tagalan retten, ehe die ganze Welt in dieser Nacht untergeht.“ Als er ihm fest in die Augen sah sagte er: „Folge nicht ihr, folge mir. Und wenn es auch nur dieses eine Mal ist und ich mich irren sollte. Weder ich noch du können der Zerstörung zusehen."

Penthos nahm den Jungen, der noch immer vor sich her schluchzte an die Hand. „Wenn wir wieder zuhause sind, kannst du dir eine B-Mannschaft zusammenstellen." Als er glaubte das Schluchzen hielt inne, fügte er hinzu: „Für Auswärtsspiele, meine ich. Ganz Tagalan wird den Fußball spielenden König bejubeln wollen."

Theo wusch sich eine Träne aus dem Auge. „Ich hätte gerne dich im Tor, sonst würde ich nichts ändern." Er sah ihn lächelnd an. „Ich brauche keinen Bären im Tor, der Ball kommt gar nicht erst bis dahin."

Penthos lachte, auch wenn ihm gerade nicht nach Lachen zu Mute war. Es war nicht einmal sicher, dass auch nur einer von ihnen lebend aus der Schlacht kam.

Die beiden Zwergenbrüder kämpften sich den Weg frei. Sie machten sich gar nicht erst die Mühe zwischen den einzelnen Parteien zu unterscheiden.

Ob Soldat oder Golem, sie nahmen es so, wie es sich ihnen in den Weg stellte. Doch dann gab es plötzlich eine neue Bedrohung. Die Rüstungen um sie herum begannen zu scheppern und die Leichen zu stöhnen. Das Klatschen von geschlagenem Leder schallte durch die Luft und als die ersten Vampire auf dem Schlachtfeld landeten, erhoben sich auch die Toten.

„Beim Bart deiner Großmutter", entfuhr es Moggle, als ihn der erste Ghul angriff. „So etwas haben wir in den Tunneln nicht."

„Es ist auch deine Großmutter", widersprach Boggle.

„Es geht hier aber nicht um mich." Der Zwerg schlug auf den Berg aus Fleisch ein, ohne dass dieser zurückschreckte. „Was sind das für Dinger?"

„Keine Ahnung", sagte sein Bruder. „Aber deiner ist irgendwie hässlicher als meiner." Der Vampir fauchte mit weit aufgerissenem Maul.

„Ja, weil du der Hässliche von uns beiden bist. Das ist nur der Ausgleich."

Penthos ließ den König los und eilte den Beiden zu Hilfe. Mit einer knappen Handbewegung fror er die Widersacher ein, damit sie ihren Weg fortsetzen konnten. „Es wird sie nicht ewig aufhalten", drängte er die beiden ihren Streit zu verschieben und weiterzumarschieren. „Es hat nicht zufällig von euch etwas aus Holz dabei, das man anspitzen könnte?“ Die Zwerge schüttelten den Kopf. „Dann hoffen wir, dass meine Magie reichen wird.“

Das Schlachtfeld war nicht zu übersehen und schon von weitem hörten sie die qualvollen Schreie der Sterbenden. Doch mit einem solchen Blutbad hatten sie nicht gerechnet.

Das Heer, welches Phil und Penele folgte, war nur ein kleiner Tropfen Wasser in dem vor ihnen brennenden Haufen Zündholz und doch stürmten sie auf das rote Feld zu.

Viktor bäumte sich auf, als sich die Ghule an ihm zu schaffen machten. Er trat mit den Hufen nach ihnen. Doch erst als Toggle den Untoten den Schädel einschlug beruhigte er sich wieder.

Irgendwo hier musste er sein und er würde ihn stoppen, ganz gleich wie. Die Nacht ohne Morgen musste enden, das war er Weya schuldig.

In der Ferne erspähte er zwei Zwerge, die ihm bekannt vorkamen. Hatte Loggle also tatsächlich der Gier nach Krieg nachgegeben und die Zwerge aus den Tunneln her gesandt, um sich mit den Soldaten der Menschen zu messen? Er zog den Hebel an der Waffe und schoss die Vampire nieder, ehe sie den Zwergen zu nahe traten.

„Bist du nicht der Freund von der Blonden?“, erkannte ihn Moggle wieder.

„Du hättest sie nach ihrem Namen fragen sollen“, raunte sein Bruder. „Ach, nein, ich vergaß, du weißt ja nicht wie man mit Frauen redet.“

„Was?“, fuhr Moggle auf. „Ich habe ihr gezeigt wie man auf einer Biene reitet.“

„Hast du nicht“, widersprach Boggle. „Weil du Höhenangst hast.“

„Sie ist nicht hier“, sagte Phil schroff.

„Das sehe ich“, sagte Boggle. „Dafür hast du die Elfe dabei. Bei meinem Bart, kann die mit einer Waffe umgehen.“

„Ist das nicht die neue Herrin der Erf?“, wunderte sich Moggle. „Die soll echt furchteinflößend sein.“

„Und grausam“, fügte sein Brüder hinzu.

„Was macht ihr hier?“ Phil sah ihre beiden Begleiter an.

„Ich beschütze den König“, sagte Moggle stolz.

„Du ganz alleine?“, wunderte sich Boggle. „Du kannst dir nicht einmal alleine die Ohren waschen.“

„Was hat das damit zu tun?“

Penthos stellte sich und den Jungen vor, drängte dann jedoch darauf ihren Weg fortzusetzen, um den König in Sicherheit zu bringen. Auf die Frage warum der Junge den Krieg nicht beendet hatte, erzählte er von seinem Berater und seinen außergewöhnlichen Kräften.

„Sein Pferd muss aus der Unterwelt kommen“, ergänzte der Junge.

Phil begriff sofort um wen es sich dabei handeln musste. „Wo ist er?“

„Ich habe ihn zuletzt in dieser Richtung gesehen“, antwortete Penthos.

„Kannst du machen, das er verschwindet?“, erkundigte sich der Junge.

Phil versprach ihm sein Bestes zu geben. Dann wies er die anderen an, ihm in die Richtung zu folgen.

Das grausige Gelächter war nicht zu überhören. Die Klinge tropfte voller Blut und sein Gaul brannte geradezu, als er die Soldaten zerschnitt. Dann sah er ihn und sein Lachen verstummte. Es war als würde das Licht den Schimmel des weißen Reiters erleuchten und nur er wusste, was das zu bedeuten hatte. So klein sein Heer auch gewesen sein mochte, der Sieger zog das Banner gegen ihn. Doch er wäre nicht der Krieg, würde er sich von einer solchen Maskerade einschüchtern lassen. Nicht jetzt und nicht hier. Hier auf dem blutgetränktem Schlachtfeld hatte er seine volle Macht erlangt und selbst er würde ihn nicht aufhalten können. Er rief die Soldaten Utais zum Angriff gegen all die Kreaturen, die ihm folgten. Möge der Stärkere gewinnen.

Als Phil ihn sah und hörte, wie er zum Angriff rief, bat er Lolote und Penele ihm dem Weg zu ebnen und die Soldaten im Zaun zu halten. Er hatte sich gewünscht, sie hätten sie nicht getötet, denn sie wussten nicht was sie taten.

Schließlich erreichte er den roten Reiter.

„Bist du hier, um mit uns zu reiten?“, fragte der Krieg, obgleich er die Antwort sicher bereits wusste. „Dann wirst du hier und heute Nacht sterben, wie all die anderen. Du hast mir die Hungersnot genommen, dafür sollst du leiden und einen qualvollen

Tod erdulden.“ Sein Pferd blies ihm dabei glühende Flammen entgegen.

Der Schimmel stieg wiehern auf die Hinterbeine und ruderte mit den Vorderläufen, als könne er die Flammen verwehen. Das Licht traf ihn und die Flammen prallten an ihm ab. Doch der Krieg setzte mit einem Hieb nach, dessen Druckwelle ihn vom Rücken des Schimmels warf.

Er beugte sich über den Priester, der hilflos am Boden lag und setzte zum Schlag an.

Doch Phil schreckte nicht zurück, eine Hand am Dolch und die andere am Kreuz blickte er dem Reiter tief ins Gesicht.

Kurz vor seinem Gesicht stoppte der Hieb. „Wehr dich!“, brüllte der Krieg. „Erhebe deine Waffe gegen mich und lass deinem Zorn freien Lauf.“

Aber Phil tat es nicht. Er betete. In seinen Worten bot er Weya seine Seele dar, sie solle die Seine nehmen und die der anderen verschonen.

Der Dämon und der Engel um ihn herum tobten, riefen ihn an und flehten er solle aufstehen und sich erheben.

„Wie du es willst“, knurrte der Krieg und setzte erneut zum Schlag an. Wieder stoppte er kurz vor dem Antlitz des Priesters. „Du willst mich beleidigen, nicht wahr?“, erkundigte sich der Reiter. „Du willst, dass ich dich einfach so erschlage, damit du in einem Krieg fällst, in dem du gar nicht mitgemacht hast. Aber das ist mir egal.“ Auch beim dritten Versuch brachte er den Schlag nicht zu ende.

Eine ihm bekannte Stimme ertönte hinter ihm. „Du weißt, warum du ihm nichts anhaben kannst, mein Freund“, erklärte ihm der Tod.

„Das kann ich sehr wohl!“, protestierte der Krieg.

Der Tod schüttelte den Kopf. „Der Krieg kann niemanden verletzen, der bereits seinen Frieden gefunden hat.“

„Unsinn!“, begehrte der Reiter auf, doch er konnte es wirklich nicht. Fassungslos sah er, wie der Sieger vor ihm aufstand und den Dolch erhob. Dann verspürte er einen tiefen Schmerz in der Brust.

„Auf das auch du deinen Frieden finden wirst“, sprach Phil in die klaren Augen des Reiters.

Er zerrte den Dolch aus der Brust, da legte ihm jemand eine dürre Hand auf die Schulter.

„Lass gut sein, mein Freund“, sprach der Tod.

„Nein“, wehrte sich der Krieg. „Das kann unmöglich alles gewesen sein. Ich kann nicht sterben. Ich bin wie du unsterblich. Solange es Menschen gibt, die den Krieg in sich tragen, werde ich leben."

„Das wirst du", sagte der Tod. „Aber nicht heute." Dann schnitt er mit seiner Sense durch die Luft und der Reiter verschwand. „Und er hat Recht", wandte er sich schließlich an Phil. Etwas irritiert sah er auf den Dolch vor seinen Augen. „Du kannst mich nicht besiegen. Ich bin das Ende von allem und selbst ich kann das nicht ändern. Ich unterliege allein dem ewigen Schicksal und auch du wirst nicht immer siegen. Auch dein Schicksal wird mich zu dir bringen."

„Dann ist es vorbei?", fragte Phil.

Der Tod strich Bella über die Mähne und zog behutsam die Zügel. „Die Untoten werden sich beruhigen, wenn die Nacht vorbei ist, allerdings ist sie das noch nicht. Sie denken ich führe sie an, solange der Mond leuchtet. Aber ich bin nicht der, der das Schicksal lenkt."

Die Erde bebte, riss auf und verschlang die Kämpfenden darin. Wer nicht in die Tiefe stürzte, dem spie die Lava der Tiefe ins Gesicht.

„Er kommt“, freute sich Luz. „Mein Boss wird wütend sein, dass die Reiter nicht mehr reiten. Ich habe dich gewarnt, Phil. Du hast den Plan ruiniert!“

Die Erde gebar furchteinflößende Kreaturen, mit scharfen Klauen und spitzen Zähnen. Und die Dämonen machten jagt auf alles Lebende und alles Sterbliche. Was nicht gerissen oder verbrannt wurde, das wurde von Hörnern durchbohrt.

Auch Phil und seine Begleiter mussten sich den Dämonen stellen, keine Waffe verletzte ihre schuppige Haut und keine Klinge kostete ihr Blut. Sie waren unbarmherzig, gewissenlos und unaufhaltsam. Das musste das Ende aller Zeiten sein.

Inmitten des Abgrunds erhob sich eine gewaltige Fratze aus glühendem Gestein. Zwei spitze Hörner zierten den Schädel, dessen Augenhöhlen lichterloh brannten. Er schluckte die Erde und alles was sich darauf befand.

„Das ist er“, sagte Luz stolz. „Das ist wahre Macht.“

Gabe hielt sich winselnd die Augen zu. Was nun geschah, wusste er nur zu gut.

Und der Himmel riss auf und sandte ein Licht auf die Erde herab in dessen Mitte sich die Engel ausbreiteten und mit Schwert und Schild in den Kampf zogen. Sie schlugen auf die Dämonen ein, verteilten deren schwarzes Blut über die Erde.

Als seine Streiter fielen wandte sich die Fratze Phil und dem Schimmel zu. Eine tiefe brummende Stimme ertönte, als würde der Boden selbst zu sprechen versuchen. „Reite voran!“

„Er reitet nicht“, erklärte Luz seinem Gebieter. „Mehr noch, er war es, der die Reiter erschlug.“

„Das kann nicht sein“, brummte die Erde. „Die Nacht ohne Morgen ist unabwendbar. Er muss eine Seite wählen.“ Flammen aus dem Maul der Fratze brannten sich tief in die Landschaft und trafen auch Phil.

Da entfuhr aus den Wolken eine lichte Gestalt, groß und mit goldenen Flügeln behaftet. Das Licht umschloss die Lebenden und auch Phil, schützte sie vor der Gewalt des Bösen. „Das hat er bereits“, erklang eine himmlische Stimme. „Die Welt wie ihr sie kennt, wird enden und eine Neue beginnen. Die Fehler der Vergangenen sollen ausgemerzt werden und der Neuanfang vollkommen sein.“

„Das ist Erzengel Annabelle“, erklärte Gabe. „Sie glaubt, du reitest für sie, um die Dämonen zu bezwingen und die Seelen für den Neubeginn im Licht zu sammeln."

Das Licht blendete ihn, bis die Flammen erloschen und der Schutz des Engels nicht weiter erforderlich war. Sie sah ihn an und schien auf etwas zu warten. Er wusste, was sie wollte, doch er tat es nicht. Er stieg nicht auf den Schimmel. Weder für die Engel noch für die Dämonen. Und das erzürnte die Beiden, denn das war der Plan. Die Fratze griff nach ihm, doch Annabelle stach ihr Schwert in die Hand, dass sie im Boden stecken blieb. „Warum reitest du nicht?"

„Weil ich keinen Unterschied sehe", erklärte Phil. „Beide Seiten wollen die Welt, wie wir sie kennen und lieben zerstören und alles Lebende vernichten. Und wozu? Um noch einmal von Vorne zu beginnen? Müssen die Sterblichen eure Zwietracht nicht nur erdulden, sondern auch dafür büßen? Ich weiß, dass Weya jedes Leben liebt, sie würde weder die eine Seite noch die andere Seite gutheißen. Deshalb reite ich nicht. Engel die morden sind Dämonen. Es macht also keinen Sinn. Wenn das wirklich eure Absicht ist, dann ist es nur, weil ihr den Schmerz nicht ertragt, den Schmerz zu wissen, dass ihr weder besser noch anders seid. Meinetwegen kämpft auf ewig in der Welt der Sterblichen und belügt euch gegenseitig. Ich aber werde es nicht unterstützen und nicht befürworten."

„Das ist Blasphemie", brüllte die Fratze und würgte Flammen aus dem Schlund.

Der Erzengel zog das Schwert empor und rammte es dem Fürst der Dämonen in den Schädel, bis er mit lautem Schrei zurück in die Unterwelt fuhr. Sie ließ das Schwert im Erdboden stecken und klatschte in die Hände. „Du bist wahrhaft klug und mutig, das muss ich dir lassen", sagte sie. „Doch eines hast du vergessen. Engel dürfen Dämonen morden, denn es dient der guten Sache und schwächt das Böse in der Welt. Solange noch ein Funken Gutes in den Sterblichen steckt, solange sind es keine Dämonen und Engel werden sie nicht morden ohne selbst Böses zu tun. Denn in jedem noch so kleinen Funken steckt die Hoffnung auf eine friedliche Welt."

„Dann gab es den großen Plan gar nicht?", wunderte sich Gabe.

„Doch", versicherte der Erzengel. „Und der weiße Reiter hat seine Seite gewählt." Sie hob die Hand und ließ dabei dem Schimmel Flügel wachsen. „Ihn brauchst du nicht mehr und von nun an, wirst du auch keiner der Reiter sein." Der Engel und das Pferd glitten zurück in die Wolken. „Dennoch wird das Pferd gebraucht werden. Nicht heute und nicht morgen, aber sobald die Welt und die Sterblichen den Kampf gegen die Dämonen aufgegeben haben." Mit diesen Worten verschwand Annabelle und mit ihr auch die übrigen Engel und Dämonen.

„Das habe ich wirklich nicht kommen sehen", sagte Luz ein wenig fassungslos. „Dann trennen sich wohl nun unsere Wege."

„Du klingst ein wenig wehleidig", feixte Phil.

„Das ist die Enttäuschung über ein Unentschieden."

„Sicher, das es ein Unentschieden ist?", wandte der Engel ein.

„Ja ist es", beharrte Luz. „Dich werde ich sicher nicht vermissen."

„Doch das wirst du", strahlte Gabe. „Ein ganz kleines bisschen."

„Passt auf euch auf", verabschiedete sich Phil von den Beiden, dann ging er zurück zu seinen Begleitern.

Das Rot des Himmels verschwand und mit ihm auch der Mond, dann dämmerte das Tageslicht am Horizont. Die Nacht ohne Morgen war vorüber. Und mit ihr legte sich auch die Erleichterung und das Vertrauen in Weya und ihre Worte in ihm.

Das Tageslicht und die weniger langen Nächte brachten die Vampire nicht zur Vernunft und Nevina auch nicht zurück zu ihrer Schwester, aber es machte sie weniger aggressiv und er hoffte, dass auch für sie der Tag kommen würde, an dem sie ihren Frieden fand.

Sie wollte, dass er noch eine Weile bei ihr blieb, seine Anwesenheit beruhigte sie und er war sicher, sie erhoffte sich dadurch auch ein wenig Milderung für ihre Taten. Doch diese Last konnte er ihr nicht abnehmen, das konnte nur Weya und sie selbst. Doch er versprach für sie da zu sein, wenn sie ihn brauchte und dass auch ihre Schwester eines Tages zurückkehren würde. Sie hatten sich bereits einmal entschieden getrennte Wege zu gehen und er empfand es noch immer als richtig.

Die Vögel zwitscherten und er hörte das Plätschern von Wasser in der Nähe. Dazu erklang ein melodischer Gesang, den er nie vergessen würde.

Inmitten des Sees tanzte und sang die Nymphe des Waldes. Er saß am Ufer und sah ihr eine Zeit lang zu, bis sie ihn bemerkte und sie ihre Blöße bedeckte.

„Wie lange sitzt du bereits dort?“, begrüßte ihn Herkyna. Überraschung lag im Klang ihrer Stimme.

„Nicht lange genug“, entgegnete Phil.

„Warum bist du nicht bei ihr?“, wunderte sie sich. „Ich habe gesehen, wie du sie ansiehst.“

„Ich habe ihr versprochen für sie da zu sein. Aber so ist es besser für jeden von uns.“

„Dann kannst du ihr ihre Taten nicht verzeihen?“

Er griff an ihr Hüfte und zog sie behutsam an sich heran. „Es hat nichts mit uns zu tun.“

Sie befreite sich aus seinem Griff und bemerkte, dass er der Frage ausgewichen war. „Bist du deswegen hierher gekommen?“

„Du hast mir keine Zeit gelassen mich zu erklären, ehe du aufgebrochen bist.“

„Du hast die Reiter besiegt, das sehe am Sonnenlicht und daran, dass wir noch Leben, aber wo ist Viktor?“

„Er ist zurück zu den Engeln.“

„Dann bist du den ganzen Weg zu Fuß hierher?“

Phil nickte.

„Du hättest überall sonst wo hingehen können.“

„Ich weiß“, gestand er. „Aber überall sonst wo fühlt sich genau so an, als wäre ich bei dir.“

Sie sah ihn fest an, dann küsste sie ihn.

ISBN 978-3-7531-5714-6
00004
9 783753 157146
www.epubli.de